JN001882

続・爆音と泥濘——詩と文にのこす戦災と敗戦

南川隆雄

続・爆音(ばくおん)と泥濘(ぬかるみ)——詩と文にのこす戦災と敗戦

目次

詩（四十九篇）

文（十五篇）

詩（四十九篇）

いなご

なにがあろうと顔色をかえない
うすあおい複眼がすずやか
終わりの情景と思い入れる夕焼け空も
瞳のない眼をとおせば
のっぺりした灰色の素顔をさらす
鳥の羽音を擬した動きにこたえて
茎のむこうに身をまわす疑いをしらないしぐさ
一息ついたところをなんなく引きはがされる
手ぬぐいを二つ折りした袋を
苦しまぎれの唾液が茶色く染める

布袋ごと熱湯に沈めば
ざわめきは束の間　朱色にゆであがる
あらがって鳥の胃袋におさまるか
いっときの釜茹（かまゆ）でがましか

色のない夕焼け空はやはり
見まごうことのない終わりの情景

念入りに羽根と後脚をもぎとられ
飛び跳ねることへの未練が断たれる
素焼きのほうろくが気ぜわしく動き
どんな異臭も力まかせに包みこむ
醤油の焦げる万能のかおり
皿のうえに折りかさなる
頭胸腹の見分けのつかない増殖の戦士たち
熱湯のなかでふっと脳裏をよぎったのは
土なかに産みつけた卵塊の感触か

〈気どった表現を使っているが、いなごを採って食うまでの手間はこんなものだった。いなご炒めは私に任されていた。〉

音の出るたんす

その古い桐だんすの
真ん中あたりの小引出しは
開け閉めするとき　ハモニカに似た
息もれのする頼りなげな音を出す

戦災前の家では
たんすは仏壇と向かい合う所にあり
よく退屈まぎれに引出しを出し入れして
遊んだものだった

伸びあがって中をのぞき
父親の子ども時分の旧式のハモニカや
塵紙に包んだ小さな蛤（はまぐり）の真珠ふたつ
五つ玉の手持ち算盤（そろばん）を見つけだして
よろこんだりもした

学校に上がったころ
なにを思ったか引出しを
すっかり引き抜いてみたのだが
ハモニカの舌そっくりの真ちゅう板が数枚
奥のつき当たりのところに
仕掛けてあるのが見えた
むかしこんな引出しがはやった時期が
あったそうな

上下二回に分け大八車に乗せて疎開させた日
たんすは傾くと
引出しがすうすうと力ない音を出し
開いたことを知らせた
なにかしらただの家具とは思えなかった

〈中身の着物はたけのこ生活で消えたが、たんす

は戦前の暮らしを偲ぶよすがとしていまも残って
いる。〉

捕虜トラック

「捕虜が来た捕虜が来た」道の両側で騒ぎ立てる
子どもたち　貨物自動車には狭すぎる湊（みなと）銀座通り
を暗緑色のトラックが近づいてきて　あっという
間に後ろを見せて通り過ぎる　その短い間にも
荷台に乗せられた二十人ほどの西洋人は中腰にな
り　大きな声をあげて街びとをはやし立てる

「オランダ人オランダ人」見物のおとなたちも大
声でやり返す　トラックの通るおおよその時刻や
捕虜の国籍まで聞き及んでいる街びとがどこかに
いたのだ　そんな噂がいち早く道沿いに広がる

捕虜は湾岸に運ばれ　港の整備や海軍燃料廠（しょう）の拡
充に使われるのだろう

「あのさあ」勤労動員に駆り出された近くの商業
学校生がそっと話してくれる　英国やオランダの
捕虜はどこからか次々とやってくる　街を通るト
ラックにおれたちが気づかないだけだ　そして動
員の生徒も捕虜も同じ仕事をさせられる　瓦礫を
のせたトロッコを隣り合わせで押すときなど　小
声でじぶんの英語を試してみる　オランダ人の英
語は分かりやすい　長く話できた日は帰ってから
もなぜか気分がいい　そんなことを聞かされた
その生徒がおとなに見えた

「西洋人西洋人」トラックの荷台の捕虜たちは初
めてこの目で見た西洋人だった　日本がまだ戦勝
気分の時期だから昭和十七年　じぶんが学校に上

がる前後のころか　だけどそのあと捕虜たちはど
うなったのだろう　空襲のときにはどこにいたの
だろう　やがて日本軍が負けに転ずるのをかれら
は気づいていたのだ　だからあのようにトラック
の荷台ではやし立てたのだ　みなひょろりとして
同じ顔をしていた

〈記憶のままに忠実に描いた。捕虜には珍しさが
先立ってなんの敵意も感じなかった。シンガポー
ル陥落の旗行列などしてまだ余裕のある時期だっ
た。〉

初めて見た海

波。水の動きを表すこのことばを知ったのは　ず
っと後のことだった。おなじ音おなじ動きをただ
繰り返す　ふしぎさ。そのちからの源はいまも分
からない。初めて見た海。よく晴れた風の冷たい
日だった。

湾の向こうの低い山並みがよく見えた。むかし木
桶を腰に結わえ　泳いで知多（ちた）の岸まで八丁味噌を
買いに行った人がいたそうだ　鱶（ふか）よけに一丈余の
白褌（ふんどし）を着流して。あなたの得意のこの話は　二
度三度と聞くうちにいくらか分かるようになった。

あなたの後ろ姿　というよりも丸いお尻。地味な
着物の裾を持ちあげ　波打ち際に屈みこむ。砂に
めりこんだ藤（とう）の乳母車から首だけ出して　その姿
をうかがう。

水きわに漂う青のりを　あなたは指にからめて採
っている。垂れるしずくも蒼みどり。ひとりでに
渦巻く容器のなかの　のり。のり採りは十分とか

からなかった。

抱っこできないよ重くなったから　と砂のうえに降ろされる。波打ち際まで歩いてみる。冷たい水に足先を浸すと　透明なのりが次々に絡みついてくる。のりを掬った指を口元にもっていく。井戸水とは違う味。あなたは笑いながら着物の裾をおろし　素足に下駄を履く。腰を伸ばし対岸を見やる。こんな時つい　泳いで味噌を買いに行った人の話が出る。

仏壇に供えた小皿には　青のりの一筋。どんな思い出があるのだろう。鍋ののりには少しだけ醤油を垂らし　さっと火を通す。青みがさらに増し　ちゃぶ台に華やかな色を添える。年に一度こうして　伊勢の海から家族のなかに春を呼び込んだ。つややかな緑藻の向こうに　にじみながら弧を描く水平線。

〈私はお婆さんっ子で、青のり採りは最も古い記憶のひとつ。巷にはまだ太平洋戦争の予兆はなかった。昭和十四年（一九三九）ごろか。〉

壕を掘る人

向かいの屋敷の黒塀が迫り　日当たりがわるい。血縁はたどれないが　町内には同姓の家が多い。背伸びして外をうかがうと　斜めに降る粉雪。ごみ箱をまさぐる人が見える。糊（のり）を刷いた硝子戸はねじ錠で閉めてある。きょうは外で磁石を引きずって釘集めの遊びはできない。硝子戸のわきには乗り手のいない自転車。

奥に通じる通路には　板を被せた畳一枚ほどの防空壕の入口。板を一枚ずらして壕のなかをのぞきこみ　飛び降りる。底は家の寒さの源のように冷たい。秋に三匹放したこおろぎの脚と羽根がひと所に残っている。共食いしたらしい。急いで壕をよじ登る。

仕様がないな　きょうは。もう飽きたけれど　また自転車のペダルを手回しする。回る輻に指先を添えて撥ねる音と危ない感触を楽しむ。すると「ひとりで遊んでるのかい」背後から家にいるはずのない父の声。先ほど降りた壕には誰もいなかった。履き古した軍靴と巻き脚絆が土くれにまみれている。町内の人の前で演説調の挨拶をして出征していったはずなのに。

「ぼうず　ほんとは自転車に乗りたいのだろ」。そういうと　自転車に補助椅子を取りつけ　ねじ錠を軽々外して硝子戸を一気に開け放す。令状から召集までのわずかな間に壕を掘り　天井板をぶち抜いていった手際のよさは変わらない。

先ほどの粉雪はどこへやら　路面に陽光が降り注ぐ。軽快にこぐ自転車の速いこと。たちまち町内を出て隣町も抜ける。六階の望楼のある市役所警察署　実践女学校　活動写真館を巡る。「ぼうず　いまのうちに見ておけよ。どの町もそのうち一夜で煙になっちまうから」。頭のうえでは絶えず口笛が響く。

次々に変わる景色に目が回りそう。渦巻きのように市中を巡って神社裏の公園に着く。ここならば家は近い。「ちょっと用があるからお猿見て待っててくれよ」と　自転車を曳いて忠魂碑の裏あたりにその人は姿を消す。もう戻って来ないことは分かっている。檻のお猿を見　池の亀に小石を投げて遊びながら家に帰る。いつもの位置に戻っている自転車。防空壕の板も元通り。たぶん　ずっと深い所でまた壕を掘り進んでいるのだろう。そして一休みしがてら　いずれまた現れる。「ぼうず、こんどはどこへつれて行ってやろうか」といいながら。

〈幼いころの生地の街並みと父の記憶。出征当日、私がどこかに遊びに行ってしまい、皆して捜し回ったという。〉

ふくろうのいた寺

三本の竹ぼうきが木銃の形に立てかけてある。落ち葉掻きを手伝った年かさの子供たちが庫裏の前で焚き火を囲んでいる。自分もその輪にまじりたいと近づくと　なにか燃すものを持ってこいといわれる。遊び慣れた墓場のなかに入っていく。隅に手ごろな古びた木切れが重なっている。それを数本抱えて焚き火の所に持っていく。あはは　お前はちびだから分からないけど　これは犬の骨犬の骨だよ　と皆して笑う。

骨をもとの所に戻しに行く。墓地の端は自宅の裏手に接している。見ると　寝部屋の格子窓が開いている。住み慣れた部屋なのに中は薄暗く　こちら側よりもずっと奇異な場所に映る。部屋の隅になにか白っぽいものがうごめいている。なんだよく見れば　拭き掃除している母の割烹着（かっぽうぎ）姿。昼間は国防婦人会の乾パンづくり　夜は弾丸入れのはんだ付けで忙しいけれど　きょうはめずらしく家のなかにいる。二人の間に結界があるかのように声をかけられない。

庫裏の戸が開いてご住職の奥さんが出てきた。前掛けのなかの数個のさつま芋を火の下に入れる。子供たちはわっと嬉しい声をあげたが　そのころの芋はほとんど黒斑病に侵されていて　火が通ってもかたく苦みがあった。奥さんは　特攻隊に志願した次男さんが複葉の練習機で寺の上空を旋回してくれたことを　皆に話す。この奥さんは子供の目にも　顔も姿も形よくすらっとしていて　もとは芸者さんだったという噂を信じさせた。

子供たちはじつはしばらく前に奥さんからお叱りを受けていた。境内に住み着くふくろうを鳥もちで　といっても竿先に蠅(はえ)取り紙を巻き付けたものだが　それで痛めつけて取り押さえた。ふくろうは昼間目が見えないことを証明して　子供たちは満足した。そのとき騒ぎを耳にした奥さんが姿をあらわした。日ごろ本堂の回廊を床板鳴らして駆け回るのも　松の木によじ登るのも自由だったがこのときばかりは　細くこわい目でお咎(とが)めを受けた。

若い猫ほどのふくろうは　大きな両目を開けたり閉じたりするだけで従順だった。抱きあげると白と薄茶のまだらの羽毛が温かかった。梯子を持ってきて　ふくろうを木の枝に止まらせた。

〈住職の不在だった空襲の夜、お庫裏さまと呼ばれた奥さんは本尊を抱いて逃れたが、途中本尊の片腕をなくした。仏像はいまも本堂に安置されている。〉

ぎんなん一粒

生家の前の道は真宗の寺の白壁に沿い　その先は三滝川という川の堤防にぶつかっていた。堤防に上がるには正面の石段と左右の坂道があって　石段と左の坂道がつくる狭い三角の斜面に大きな銀杏（いちょう）の樹が植わっていた。

母はぼくの手をとり　右側の坂道を登りかける。橋を渡って川向こうに行くところだったのだろう。坂道にはたくさんの未熟なぎんなんが落ちていた。母は立ち止り　ぎんなんを一粒ぼくの前掛けのポケットに入れてくれた。最も古い記憶のひとつ。

ぎんなんの実るのは秋半ばなので　よだれ掛けのとれていたぼくの二歳八、九か月のころか　これに二十三を足せば母の歳になる。庶民にはなにも知らされていなかったが　しばらく前に日本軍はノモンハンで惨敗し　欧州ではポーランドへの独軍の進攻が始まっていた。長くつらい時代がつい足元まで忍び寄っていた。

戦災のあと大きな銀杏の樹は　しばらくは三角の斜面に人の背丈ほどの炭の塊になって残っていた。人は生まれ出る場所と両親を選べないというけれど　どのような巡り合わせでぼくはこのあたりで生を受けたのだろう。ぼくの前掛けのポケットに入った一粒のぎんなんには　ほかのたくさんの未熟なぎんなんと同じように　芽生える機会はなかっただろう。

〈坂道はいまは新設の大きな橋の下に消え失せている。現実の佇（たたず）いはその場を離れれば、現実よりも明らかな記憶のなかの景色に打ち消される。〉

縁側のむかで

居間の障子を開けると　黒い布で覆った灯火管制下の薄明りのなかに　縁側が平らな木舟のように浮び出る。その下は敷石のある狭い庭で　隅の八つ手の葉影に井戸があった。縁側の突き当たりは左手の厠（かわや）へ行く廊下に通じていて　かぎ形になった縁側と廊下の下には水のない小さな池。戦火に遭うまえの生家の記憶である。

夜になるとぼくは薄暗い厠に行くことを好まず縁側のへりから池のなかに小便をした。後家歴の長い祖母は総領のぼくに甘く　池への放尿を黙認した。母もそれに従った。叱るはずの父は召集中だった。池に放尿すると　母が井戸水を一杯入れたバケツを持って現れ　濡れた縁側のへりを手早く拭き　すすいだ水を池にぶちまけた。

朝になると　母はあらためて縁側と厠に通じる廊下を丹念に雑巾がけした。へりに並んだ鉢植えを一つずつずらして　その下を拭いていく。そうすると　ときたま植木鉢の下に潜んでいたむかでに手を刺された。「あっ　また刺された」といって雑巾を取り落とす。もっと注意すればよいのにと思われるほどに　よくむかでに刺された。

植木鉢の下のむかではぼくもよく目にした。それは十センチに余る大型で　太いからだは油で濡れたように光っていた。手を刺したあとは悠々と庭石の影に消えた。母は痛みで落ち込み　その日は病人のようだった。

話はもとに戻るが　居間の奥は親子の寝間で　そこの格子窓を開けると隣のお寺の墓地が透けて見えた。母は嫁入ってきてしばらくは墓地が見える

のが怖くて　明るいうちから窓を閉めていたそうだ。前門のむかで後門の墓というところか。ぼくは墓には慣れていたが　むかでへの怖さは募るばかりだった。

被災前の家はゆったりした造りだったが　父がそこにいた思い出はほとんどなく　水を張った池に魚が泳いでいた記憶もない。自分史という言い方を借りれば　あのころの日常はなにやら有史以前の出来事のように映る。

〈空襲の夜には庭に火の粉が降ってきて、ただの空襲警報でないことを知らされた。そしてなにもかも灰になった。〉

消えた王海

胸に刺繍した金糸と銀糸の二匹の蝶が　はっと声かけられて中空に舞い上がる。王海(ワンハイ)は番(つが)いの蝶を生きた蝶よりも艶めかしく戯れさせていたが　長引く警戒警報にざわめく客席に動揺して珍しくしくじった。見えないピアノ線がむき出しの太鼓腹に食い込み　ついで腹に赤い斜線が浮び出た　検閲番の准尉が苦笑いして席を立つ。あの夜が湊帝国座の人気奇術師王海の最後の舞台となった。

具合よく湊帝国座はじきに閉館し　類焼避けに跡地は芋畑　地下は防空壕になった。王海の入れ知恵か　床下にはさらに深い隠れ地下壕があり　寺の墓地まで続いていると噂された。盛り土に隧道をくり貫いて　ぼくたちは土まみれになって遊んだ。

行き所のなくなった王海が昼間に町を歩くのが奇妙だった。隣家のパン店にも現れ　引換券で乾パンの袋を受け取るのに出くわした。券は本物だよね　とパン屋のおじさんが冗談をいう。食糧難の時期にこんなに肥えててすんません　と王海が太鼓腹を撫でていう　達者な関西弁だった。

パン店では王海はぼくの叔母のことを聞いていったそうだ。叔母はてっきり王海のせいで緋鮒（ひぶな）に変えられたと疑っていたのに。するとやっぱり本当に輸送船に乗って南洋に行ったのだろうか。

釣鐘を供出した寺の鐘楼でぼくたちが奇術の舞台の真似に興じていたときにも　ふいに墓石の間から王海が現れて　叔母さんどうしてる　と声をかけてきた。はだけた腹の胃のあたりに目をやってもういないよと応えると　王海は墓地を横切り山門の外に消えた。最後の姿だった。

鐘楼からは折れた東洋一の煙突の残骸が見えた。昨年末の東南海地震で煙突が三つ折れになったころから　町中があやしい雰囲気に包まれた。戦争に詳しい上級生が　王海は二重間諜だったと話を面白くした。

〈王海もただの日本人だとすれば、やがて戦地に徴集されたに違いない。〉

暗闇の小銃

暗闇のなかで卓上に一挺の空想の歩兵銃を横たえる　木製の銃床から銃身を外し　薬室　尾筒　弾

倉を分ける　音を抑え息潜めて　手にする順に分解した部品を右から左へと置いていく　手垢　砂埃　炭素粉と硝煙を　機械油の染みた手拭いで丁寧に拭う　針金を芯にした布を螺旋に沿って口径七・六粍の銃身の腔中に巻き込み巻き戻す　こんどは左から右へと部品を手探りで組み立てる　この作業を終えると　眠りはいつも穏やかにやってきた　抽象の銃の構造は複雑だが　常に整然としていて冷たかった

夜半に見る夢の出だしはいつも決まっている　空襲警報が重苦しく鳴り響き　兵舎下の土手の窪みにへばりつく幾十名もの少年兵のひとりだった　実弾発射の命令はいつ出るのだろう　そんなことばかり思って窪みに張りついている　木銃を両腕に抱えての匍匐前進　直ちに匍匐後退　陶製手榴弾での投擲訓練　竹槍での銃剣術　気持ちは逸るばかり

米軍機の照明弾で眼前の道路が一瞬昼間よりも明るくなる　祖母の乗る車椅子と　それを押す似た顔の伯母の姿　またときに毬を追う幼い妹の姿が照らし出される　あ　危ない　はやく隠れろ　はやくはやく　大声でわめく　が　自分はその場を離れない　安全な土手の窪みを明け渡したくないからだ　白い道路には様々な親族や友人知人たちが照明弾に照らし出される　危ない　はやく引っ込め　窪みに張りつき声だけを出す　験されているのは分かるが　体は正直にも動こうとしない

夢の後半は長さも色々　結末も変化に富む　しかし　いつも硝煙に手指染めることなく　ことは終わる　熱で触れられないほどに小銃を撃ちまくり　就寝前の暗闇でそれを手入れする　反復して体に

覚えさせた儀式　いまも姿現す　ひとにはいえない夢の轍（わだち）

〈おとなに近い上級生から聞く軍事訓練の体験は、私の胸を掻き立てた。それをさらに友だちに伝えるべく一言一句聞き漏らすまいとし、独りになると夢想はますます膨らんだ。〉

＊

ふくろう

昼間は松の枝にとまり
境内で遊ぶこどもたちをながめて
眠るように動かない
もうどのこどもよりも長生きしていた

幹をのぼっていくこどもがいる
並んで枝に腰をおろし　背を撫でる
ときには思わず抱きあげることも
ゆったりとおおきく温かだ

暗くなると町なかの狭い庭に降り立ち
ひかる眼でねずみを狙う
家々で眠りこけているこどもたち

サイレンが鳴りつづけた夜
召集された住職にかわって
ご本尊を懐にかき抱き庫裏を逃れる奥さんを
　真下に見てふくろうは飛び立った

あの夜なにもかもなくなった
本堂も松の木もこどもたちのつながりも
どこへ飛び立った　燃えさかる町のうえを

〈「ふくろうのいた寺」からふくろうをとりだして
短い詩にした。〉

湧き水

手ぶらで山裾のねぐらにもどる野道は
粗縫いの木綿糸のように見え隠れする
豊かな大麦や菜種のみのりは
どこもかしこもよその人たちのものだ
そうおもって疲れを募らせる

町はずれの長煙突の目立つ火葬場をすぎると
つめたい水が湧いている
渇きと飢えをいやし
その先の道中のために飲み溜める

つよい生臭さが水にはある
山地からの長々しい伏流は
地上にでる直前に酸化した鉄の層を通るのだ
触れる草々や溝をかまわず錆で染める

田畑にはわら灰を撒いて中和する
火葬場のあたりの芋はよく育つという噂
でも　じぶんの口にはいる作物ではない
とこだわって物分かりのよい人から離れる

水はかぎりなく湧きでる
息つめて気のすむまで喉に流しこみ
虚ろなからだを生臭さで充たす
鉄元素が血の色のもとだと教わった
それをもたらすものが
折り重なって層をなしているのだ

〈疎開地から焼け跡に通っていた時期の実写。真夏の遠歩きに水はいのちの綱だった。〉

バラック

男手のある家はうらやましい　バラック建てられるから　と燃えつきた市街を歩きながら母がいう。田舎に知り合いがいないのでやむをえずこんな焼け野原に　とバラックの住人はいう。ぼくはそのバラックにどうしても泊まってみたかった。

望みはかなえられた。伯母の一家が笑いながら迎え入れてくれた。しようのない子で　と母は頭を下げて疎開先に戻って行った。

バラックの周りはどこも台所のようなもの。炙（あぶ）ったいわしの干物と雑炊の夕食はいつもより豪華に見えた。少しは手伝わねばと　病院跡の壊れた水道の蛇口から漏れ出る水を　バケツで運んだ。

明るいうちに食事の後片づけをし　散らかったものを隅にまとめて寝る場所をつくる。四人のおとなが体を縮めて　半人分の隙間をつくってくれた。暗くなると何の物音もしなくなる。布を垂らした出入口から　涼風といっしょに焼け跡に特有の衣類の焦げる臭いが入ってきた。

よく眠った。起きあがると　外で洗濯する伯母の後ろ姿が見える。ほかの家族は早朝から仕事に出かけたのだ。頭刈ってやろうね　と伯母が思いついたようにいった。自治会の役をしているこの家では　町内の共有財産のバリカンを一挺預かっていた。

道路脇に積み重ねた瓦礫のうえに腰かけ　頭を丸刈りにしてもらった。すると一台のジープが目の前で止まった。市内を巡回している米兵だった。布製の帽子をかぶった三人の米兵が笑いながら大声で話しかけてくる。なにをいっているのだろう。伯母を振り向くと　恥ずかしそうな顔付きをしていた。初めて近くで見る西洋人だった。

バラックははじめ占領軍の米兵たちが使ったことばだったのだろう。ぼくは一度泊めてもらって満足した。あの年のたぶん八月の終わりのころだった。

〈バラックにはたしか二、三泊した。陽気な米兵への怖れは感じなかった。〉

砂の道　水の滴り

数えきれない足裏が踏み固めた　砂の道
いまは月明かりを　白く照り返している
ある所まで来ると　小さくひびく水の滴り

地下に水の流れが　あるわけではない
砂の層を　ゆったり水がにじみ動き
ある所で　さらに下層に滴っている

両岸の劫火に追われ　いのちなくした人たち
を流れからすくいあげ　荼毘（だび）に付したのだった
もう六十年も前のこと　知る人もわずか

梅雨時の土手の　唐胡麻（とうごま）の葉影に
腰抜けたように坐りこみ　兄弟で見た
川辺の窪みから立ちのぼる　青白い煙

老いた足　幼い足　数えきれない足
が踏み固めた　乾いた砂の道
月明かりに　白く光っている

その上まで来ると　小さくひびく水の滴り
砂の層を　ゆったりにじみ動く水に
いまも溶け出てくるもの　揺らめく残像

〈焼失した市街近くの川原では、身内の遺体を灰にする煙が絶えなかった。忘れられない情景。〉

付け木

戦争の終わった年の秋
焼け残った教会の二階を仮教室に
授業が再開した
窓からは電車の来ない錆びたレールが見えた

文房具はどうしていた
昼食はどうしていたのだったか
代用教員の女の先生は軍靴を履いていた
昼休みには狭い庭でもみくちゃになって遊んだ

焼け出される前の印刷屋の息子とは
父親どうしもむかし遊び友だちだったらしい
ぼくたちは疎開先が同じ方角のせいで
いつも帰りはいっしょだった
線路には雑草が生え
垂れ下がった架線はとり去られていた
白い碍子(がいし)が点々と線路におちている
碍子を石で割ると硫黄がこぼれ出た

ふたりして硫黄をハンカチに集め　線路を歩いた
印刷屋の家族はさらに遠い田舎に住んでいた
父親たちはまだ外地にいた

農家の庭で硫黄を空き缶に入れてとかし
ボール箱を切って山ほど付け木をこしらえた
おっかなそうに離れて母がのぞきこむ

そのうち年があらたまって
電車が通いはじめ　改札だけの駅舎ができた
ぼくは田舎の学校へ転校することになった
印刷屋の友だちとも　ほかの級友たちとも
会うことがなくなった
別れには慣れていた

〈マッチを節約するために付け木を使った。厚紙でつくっても付け木といった。〉

蛍草

終戦の年の六月半ばに街は被災し　家をなくした家族は近郊の農家に身を寄せた。そこには母屋の向かいに庭を隔てて水車で動く精米場があった。一家はそこで寝起きした。もう精米はやめていて外側に水車はあったが　屋内は空だった。水車を動かした水路には澄んだ水が流れていて　よく見ると蜆（しじみ）が列をなして口をみせていた。

近くの都市であれほどの空襲があったというのに夜になると水路の上をたくさんの蛍が舞い飛んだ。こんなに近くに蛍がいることにおどろいた。生気を取り戻した祖母と母も蛍狩りに加わった。蛍は大小二種いた。地元の子に教えられるまま麦わらで編んだねじれた三角錐（すい）のかごに　水で濡らした露草と数匹の蛍を入れて遊んだ。その土地では露草のことを誰もが蛍草と呼んでいた。

蛍はいつからかぼくたちの周りからいなくなった。夜には見えない虫が点滅させる光の軌跡にぼくたちは興じるが　朝になるとそれが逆転してぼくたちを正気に戻す。そう　ぼくたちは蛍という虫の姿ではなく　それが置き去りにする息遣いを追っかけていたにすぎない。水車のある精米場の暮らしで十分な思い出をつくって朝の側に出てしまったぼくには　もう蛍に再会することはないかもしれない。

〈慣れない疎開暮らしはつらかったが、身近にいる小動物や草々には心安らんだ。〉

はぜ釣り

疎開の村の裏山にのぼると　焼け失せた市街のむこうに海が見えた　練絹の水の帯は苦しげに捩れ点滅している　あの金泥の光の層に体を浮かべてみたい　ふいにそうおもった　海釣りに行こうとさそうと幼い弟は苦もなく乗ってきた

堤防の砂利道を下った　川の流れをたどればあの光の層に行き着ける　肩骨に一本の竹竿　手にみみずの缶　土手下の作物のない田に六角筒の焼夷弾の一群れが斜めに突き刺さっていた

芹の茹だる香り　朝から野草を鉄帽で煮る川岸住まいのひとたち　芋のできがよいという噂の火葬場のまわりの濃い緑　気づけば生家跡の見える市街をもう過ぎていた　焼け残りの鐘楼の石組みを

指差すがきょとんとしている弟　空襲前の記憶を
なくしているのだ

生臭い煙がふっと途切れた　松林を抜けるときら
めく海水のうねりがあった　波音を上まわる音は
ない　一升瓶に海水を入れている老人　半裸のふ
たりの釣り竿を見てそのひとは顔を崩した　ここ
にはもう魚も貝もおりゃせんよ　とまた笑った

爪でみみずを半切りにし釣針につける　竿をおも
いっきり振り糸をゆっくり岸に引き寄せる　する
と　なんと大きなはぜが釣り上がってきた　手が
ふるえた　だがこの一匹だけだった　あとはなん
の兆しもなかった

陽の翳（かげ）るまで砂浜にいた　なにをして遊んでいた
のだったか　砂のうえの干涸びたはぜを海に投げ
返した　水で潤えばまた泳ぎだすかもしれない
みみずの缶を松林に捨て　生臭い煙のただよう川
の堤防を遡（さかのぼ）った

〈伊勢の海へは遠い道のりだったが、海岸で半日
を過ごし満足した。いないはずのはぜが一匹釣れ
たのも忘れがたい。海には多数の敵機が撃墜され
たらしいが、誰も信じなかった。〉

田園風景

おまえ肥だめに投げこんでやろか
村のがき大将の口癖がこれだった
地獄の血の池のほうがまだましだとおもった

身を寄せた村から焼けた街へは
田んぼのなかの近道を通った

道端には肥だめが点在し
いやがうえにも目についた

下肥は数個の肥桶を大八車にのせて
なじみの町家から運ぶ
蓋のない桶に手早く稲わらを切って被せ
町家には野菜や芋を礼に置いてくる
作物の収量を上げるに欠かせぬ仕事だった

肥だめは一畳ほどの穴を稲わらの雨よけで覆い
大きなほおじろ獲りの罠の形をしていた
ここで半年も寝かせると
下肥は上等の肥料に変わり
においからも人の気（け）が抜けてくる

田んぼにあるのは肥だめだけではない
畔（あぜ）に沿う小川は
西の山脈からの湧き水を集め清らかだった
手づくりのたも網を入れると
小指ほどの透き通ったえびが獲れた

夕暮れになると　そのせせらぎで農夫は
からだや鍬　ときに肥桶と柄杓を洗った

旋回する燕たち　透明なせせらぎ
風になびく稲の青葉と肥だめ
そして腹を空かした焼け跡帰りの親子連れが
田園の風景をつくっていた

〈肥だめは辞書にあっても、もう今の世に実在しないだろう。これをそのまま表題にしにくいので、羊頭狗肉になった。〉

かいぼり

のぞめばはまりこめる　ぼくたちの異境だった
力をこめて水を掻いだす
とそれはしだいに輪郭のない姿を透かし見せた

水が減るにつれて
濁水は泥水になり　へどろになる
へどろはますます強くねばり　底がなかった
さらに重いへどろが足首を捕らえ　ひっぱり込も
　うとする

またの世のchaos　ここはその臍(へそ)の穴だった
ひとの手を逃れて深みに潜ろうとする
　鯰(なまず)どじょう石亀すっぽん　気丈なものども
川の流れにさらすと　心ならずもという顔で
それらは陽のあたるこの世に戻ってきた

へどろが胸にまで迫ってくる
だがそれ以上は汚されまいとする意気地なさ
陽が射し流水の浄めるこの世のcosmosが
じつはどれほど深いまぐまの対流に浮遊している
　のか
まだ知らなかった

ぼくたちは水と泥をひたすら掻いだす
なにかある　なにかがある
そのわからないものに惹(ひ)かれてきた　いまも

〈溜池のかいぼりは田舎の子どもたちの一大行事。疎開児にとってもこれほど面白い遊びはなかった。川魚、田螺(たにし)、菱の実など採れるものはなんでも食用にした。〉

胆だめし

さんまいと呼んだ三昧堂は疎開の村の墓地にある
古びた斎場だった　煙抜きの穴のある六角屋根の
下に長細い窪みがうがってあった　六字の名号を
大書きした麻布にくるまった新仏は棺桶に膝をま
げておさまり　左綯(な)いの縄で梯子状の二本棒にく
くりつけられて三昧堂に運ばれる　そこで部厚い
薪の間に寝かされて手足を伸ばし　炎につつまれ
る

窪みに残る燃えかすはすくって堂のそとに捨てる
のだが　いつも白いかけらの混じる灰がうっすら
と底を覆っていた　堂のまわりの草地には　春先
になると累代の亡者の数ほどにつくしが生え　土
手には無縁仏の数ほどにわらびも芽をだした　食
いもの不足の時節　子供たちは早い者勝ちにそれ
らを採り競った　肥えた土をもっこで運びだすじ
いさんもいた　畑地に客土すると芋や野菜のでき
がよくなるのだ

梅雨明けの一夜　農家のがき大将が胆だめしを仕
切った　畑地のなかの離れ島のような墓地を通っ
て　中心のさんまいの焼き場に置いてある拳大の
石をもち帰るのだ　石はがき大将の筆跡のある白
い紙で茶巾絞りに包んであるそうだ

この世に思いを遺すたましいは子供を見ると　紺
がすりの着物姿の童子になって墓石の間から姿を
みせる　夜露に湿った骨片がいたる所で燐光を燃
やす　おれたち下っ端は脅されながら順次送りだ
された　がき大将は白米の握り飯を頬張りながら
ふんぞりかえる

おれの番がきた　家族には見られたくない情景だ　おれは土橋をわたり　牛蛙の鳴く流れにそって堤防をくだり　右に折れて墓地への農道を一気に進んだ　そしてじぶんの意志とはかかわりなく　勝負球が打者の手元で外角に鋭くそれるように　おれの足は不意に迂回して墓地の外縁を走り去ったのだった　それっきりだった　もはや村にも遊び仲間のなかにも戻らなかった　そして年月が過ぎた　がき大将は白い紙に金釘流でなんと書いたのだったかな

〈引け目の多い疎開児には訳の分からないことが多かった。裏山には人を騙す狐の穴が随所にあり、人魂を目撃した噂は絶えなかった。〉

*

花柄のもんぺ

習ったばかりの理科の法則をわたしが口ずさむと
あのひとはすこし困った顔になり
そしてほほえんだ

着物をつくり替えた藍色の花柄のもんぺ姿は
わたしの日々の拠りどころだった
その地味な花柄を頼りについて回った

芋掘りも茸採りも芹つみもたのしかった
大なまずの頭をずぶりと切り落とす澄まし顔
やし油で揚げた白身はかくべつに芳ばしかった

線路で拾ってきた硫黄を空き缶でとかして
わたしが付け木を作ろうとすると
はなれた所から不安げにながめ

そしてすこしわらった

追憶というのだろうか
いっときあのひとのそばにいられた
ただそれだけの思いが
かの世にわたるまでのどんな難儀も
かるがるとはね除いてくれそうだ

花柄の着物を別の花柄のもんぺで締め
いつも遅れるわたしを待っていてくれる
こんどもまたそうしてくれるだろう
そしらぬ振りをし横顔をくずして

〈別の詩「いとしい夏」につながる近作。付け木のところは他の詩にも出てくる。〉

袖口まっくろ

国民学校の低学年のころ　大判色付きの絵本を道端にしゃがんで見せてもらった。それは戦時下のドイツの子供たちの生活ぶりを描いていた。ヒトラー青年団使節の来日に合わせたものだったかもしれない。絵本のなかに「ドイツのお友だちは鉛筆の芯を削らない」という文があった。兵器に使う黒鉛を無駄にしないのだ。このことばに倣ってぼくも鉛筆の芯を削らなくなった。国防婦人会の母親もこれをほめてくれた。

やがて戦争が終わって世の中が少しずつゆとりのある生活を取り戻し　ぼくは六・三制の中学に入った。しかし、鉛筆の芯を削らない習慣は身に付いたまま。「おまえの書いたものは遠くからでもよく分かる　なにしろ紙が真っ黒だからな」と級友にからかわれた。

短い芯を紙に押しつけるようにして太い字を書く。右手の小指の側から袖口（そでぐち）のあたりが黒鉛で黒光りしてくる。書きながらそれをまた擦りつけるので紙の地もさらに黒くなる。このほうがよほど黒鉛を無駄にしているが　軍国少年の心構えはどこへやら　習慣だけが残った。

この癖は一つの例にすぎない。かたくなな年寄りといわばいえ。世の中いくら物で満ちあふれ生活が便利になっても　それに順応できない習性というものがある。ぼくの尻からはみ出て　いろんな古びたものを詰め込んだ長く太い腸詰めのようなものが　地べたでとぐろを巻いている。それは格好わるく　とても邪魔っ気なものだけど　やはり自分のからだの変わらぬ一部だ。足で踏まれると痛いから。

〈短くなった鉛筆を鉛筆差しにつないで使う習慣もわるくない。机の引出しをまさぐれば鉛筆差しは何本か出てくる。〉

橋

中空からながめていると
老爺になり果てたわたしが
右手から橋の半ばまで足を引きずってきて
欄干にもたれかかり　反った板塔婆（いたとうば）になった

水面になにを見ようとしているのだろう
やわらかな手に導かれてあの未明
この橋を生きる側に逃げ渡ったのだった
土手のひがん花ほどに鮮やかな光景

グラマン・ヘルキャットの操縦士は余裕綽々
低空での曲芸をたのしんでいたらしい
もも色の顔　高い鼻をみた　マフラーをしていた
そんな話ができたのは十年も後のこと

夜明け　目隠しされた指のすきまから見たものは
かわり果てたわか町わが姿
にんげんの所業がまとめて燃えつきるにおいは
じぶんの皮膚の綻（ほころ）びからも燻（いぶ）り出ていた

禍々しい舞台にたたずみ
わたしの手を引くいとおしいたましい
おかげでわたしはじゅうぶんに生きおおせた
ひとに聞いてもらいたいことも　もう尽きた

川砂を這う線香のけむり
ながめていると　板塔婆がさらに反る
欄干を跳ね出るいきおいで

〈空襲の夜、木橋は郊外に逃れる人々でひしめいた。明治橋という橋は架け替えられていまもある。〉

終わっていた戦い

秋がきて過ぎ去ろうとしているのを
気づかなかった

時の止まった失神から醒めると
戦いはもう終わっていた
仲間は消え　季節風が木枯らしにかわり
泥まみれの兵衣が風景にそぐわなかった

着古したよろいを枯れ葉のうえに脱いだ
錆びた鉄とも乾いた血とも思える臭気が
皮膚から立ちのぼってきた
それにしても冷える――冬に備えなければ

なまめかしいとさえ感じる一筋の暖気に
ふり返ると
遠い山肌に陽があたっている
まやかしではなく
これが現(うつ)し世かもしれなかった

秋がきて過ぎ去ろうとしているのを
気づかなかった
ながかった戦いは
一個のよろいのなかの内紛だった――
まさかそんなことは

寒さに向かうじぶんを置き去りにして
仲間たちがいなくなっている
なぜかそんなおもいに囚われた

〈銃後の護りは六月の空襲で消失し、八月十五日
は形だけの終戦日だった。気づけば防寒に事欠く
じぶんが取り残されていた。こういう抽象めいた
語り方もときには必要だったのだろう。〉

ぼくの肩に手をおく人

あなたの家族と
父の抜けたぼくたち家族
ふたつの家族が申し合わせたように
みんな下駄ばきの半袖姿で写っている
国民学校の講堂の前の

ポプラの木の下でとった一枚の写真
ぼくは七つか八つ
痩せて目をぎょろつかせたぼくの肩に
あなたはほほえみ両手をおいている

いつもの年のこの時節
日差しの強い暑い日には
あのころの人たちが鮮やかな色彩を帯び
ぼくのなかを行き来しはじめるのだが
きょうは目覚めたときから
なぜかあなたのことをおもっている

昭和二十年七月三十一日
つまり戦いの終わる日の二週間前
暑さのなかで苦しみ
病因の分らないまま息引きとったあなたは
三十六歳だったという

空襲に遭ったのが六月十九日未明
それからの四十一日間は
あなたにとってどんな時間だったのだろう

荒れ地の赤土に植えた芋を
秋を待ち切れずに掘り返し
まだ筋だけの根を食べてみたのは
あなたが逝ったあとだったか前だったか
あれから四十年
四人もいたあなたの兄妹も
残っているのはぼくの母だけになった

被災を免れた親戚からもらってきた
よれよれの写真を一枚
ちょうど戦後の年月だけを生きてきた
あなたの末っ子に届けることにした

〈医師に診てもらえず、薬もなかった戦争の最末
期だった。〉

土葬の丘

路地うらで燃えつきる
　ちぎり絵の手花火
水たまりに映る　えそらごと

まずしい陰膳のふかし藷をかすめて
　ときに丘にのぼった
むこう斜面に盛り土がつらなり
肩の糸くずほどの昼の半月
二月よりも寒かった三月

体温のある御影石に寝そべると
石刃でうろこを剥ぎとられる
　魚でもないのに
砕いた硝子の花粉をまぶされて

関節をばらした骨片をもりあげ
　一輪車を押してきたのは顔のみえない幼子
この車はおれのもんだよ　にいちゃん
　混んできたから古いのを捨てに行くんだ

眼の下には
焼け野原からよみがえった港まち
生えひろがる毛細管が長屋の群れをひきずって
　丘をうかがっている
背中を波のやすりに削られながら

待たせたね　すきまができた
　腰をかがめて坐りなよ　にいちゃん

孕(はら)んだ虻どもが待ちきれず
　眼と口もとに群がってくる
厭(あ)いてきた
　おしつけがましい星座の観察
　つくりばなしの貼り絵日記
気晴らしに上がってきたけれど
　もう戻らなくてもいいんだ
暗くなったら黄燐もやして遊ぼうか

　〈焼失した街を一望できる小高い山辺。生き延びた長い歳月がときに絵空事に思える。〉

埋める

ぼろ市でみつけた市井のひとの敗戦日記を
一途そうな鳶がさらっていく
読むなといいわんばかりに
豪華な料理のことでも書いてあったのだろう
相性のよくないきょうの海
磯の香に　いま絞められる家禽のにおい
島の遠景は複写紙のひとひら
尻の砂をことさらに払って参道にでる
千余の刀創人骨の出土した跡はこのあたりか
気づかぬうちに鳥居を逸れている

山門のなかは雅(みやび)なひとびとで身動きならず
あじさいもひといきれに辟易(へきえき)している
とは嗅覚のない映像の声
寺の裏には異能の作家の名残が息づく
烏瓜の蔓(つる)がからむ茅ぶき屋根
いまや珍しい酸っぱい夏みかんの木
灯火管制下に呑みすぎた麦酒の空き瓶が

ぎしぎし艶聞とともに埋まる庭

死に場所は海側でなくやはり山寄り
と勝手に思いこんでいる
土葬にと望んでも
じぶんで穴を掘る体力は残っていない
気に入りの場所にわが影を添わせてみるだけ
待ってろよ土なかの生きものども　そのうち
脂（あぶら）まみれのからだをまるごと食わせてやろう
などとうそぶくが　くすり臭が鼻をつく

邪宗門という茶房のわきの石段を上がると
たよりなげな海岸線が見わたせる
かつて有力な米軍上陸地と目されたが
なんとせせこましい
ものを埋める余地などここにもない
目は正直に帰りの駅をさぐりはじめる

きょうはいつもより頑（かたく）なだが
歩いた道順など誰も聞き糺（ただ）しはしないだろう

〈「土葬の丘」からの思いはつづく。ここでは作者は古都の海辺をさ迷う。〉

港の景色

起重機を操るゆめに
午後の教室でよく出くわした
あちらは埋め　こちらは掘りおこす
あれは突きおとし　これは高くもちあげる
血まめのたえない手足がはしゃいだ

うちあわせどおりに
大型クレーンが頭上から降りてくる

でも　どうしたことだ着地点がずれる
うかがうと運転手はかすみ目で沖をながめている

校舎の屋上からぬすみ見した
軍港のけしき
炎天をひょろながい蘭人の俘虜たちが
じぶんに似たものをトロッコで運んでいる
あねけアネケ　女の名の掛け声が汗ですべる
皮膚をなめした画布はタールまみれだ

砕けとんだペンシルロケットの発射台
ひと夏の成果のからすの骨格標本
稲穂をとられるばかりのほおじろの罠
飛ぶことにはかまうまいぞ
したり顔の中気の老人が痰（たん）をからませ惚ける

クレーンでさばききれず

似たものがまわりに積み重なってくる
どうした運転手は
みれば　おとこは重油の膜から首をだし
深みにむかって抜き手を切っている
底砂から赤毛の腕がでて脚をひっぱる

みえない窪地から空のトロッコが
夢見ごこちにもどってくる

〈軍港には見たくても近寄れなかった。のちに描いた軍港の風景の下地には、幼年時に見たトラックで運ばれる俘虜の残像がつきまとう。〉

街なかの寺

燃え落ちた山門の前でためらっていると　境内か

らだれかが手招きしている　ご住職のようだ　すっかり焼けて汚れてしまったよ　もう回廊をとび回っても本堂で逆立ちしてもいいんだよ　といってくれている

ならばと　わたしは本堂の床下にもぐりこむ　しろく乾いた砂が倒れ込むわたしをふんわり受けとめる　蟻地獄の巣をさがしだして　砂をかけて埋めてやり　新しい擂(す)り鉢ができあがるのを眺める　蟻をつまんで入れると　あきない見せものがはじまる

床上のご本尊の裏の小座敷でひとの気配がする　わかっている　祖父母四ったりに　いまは両親が加わっている　そろそろあの子の席もつくっておかないと　とでもいっているのかな　立ち寄ったご住職の声だけがよく聞こえる「あの日留守していたので経本も過去帳もすべて失いました　母がご本尊をお抱きして逃げましたが腕の片方がなくなりました」

蟻地獄の巣に乱暴に砂をかけ　丸刈り頭まで砂にまみれてわたしは床下を這いでる　八つ手の葉をかざし踊っていた知恵遅れの子や　いじめられても居着いていた大きなふくろうはどこへいったのだろう　過去帳を記憶に収めていたはずのご住職の姿もない
振り返らないのがよい　わたしは低い石段だけが残る山門をさり気なく離れる

〈寺といえばいまだに焼け落ちる前の菩提寺が頭に浮かぶ。戦時には広い境内で町内会が竹槍の訓練をしていた。〉

戦後還暦

六十年前の夏はことさらに暑い夏だった
しかし気象記録ではふつうの夏だった
焼け落ちた街なかに日差しを避けるものが
なにもなかったせいだろう

あの夏　どこから来たのか一匹の玉虫が
校庭だけになった国民学校の中空を
羽音高く旋回していた
止まる緑樹をさがしていたのだ

昭和六十年の盆休み　墓参に帰省すると
独り住まいの母がしみじみいった
四十年前のあの夏には　こんなにも
生き長らえるとは夢にも思わなかったと
艦載機からの機銃掃射を受けて
堤防の桜の根元に身を伏せたあと
お前たち兄弟は口が利けなくなってしまった
と老いたひとは回想する

そのあと急に記憶をなくした母を見送り
こちらは　さらに二十年を生き延びた
この夏　六十年の節目をすんなり通りすぎ
まだどれほど　なにをして
生き長らえるつもりなのだろう

〈戦後還暦といわれた二〇〇五年に書いた、まとめのような短詩。またも玉虫が出てきた。〉

*

爆音

風の止まった夜空に
光の帯が次々ともち上がり
闇に幾条もの曲線を描いてゆく
そして光の帯と同じ数の
落雷をおもわせる一続きの爆音
その地獄の音響が生れ出る地点を
ぼくたちはこの四十年来
厚木基地と呼びならわしている

かつて敗戦の日から半か月後に
日本占領連合国最高司令官
ダグラス・マッカーサー元帥が
コーンパイプを片手に
サングラスの横顔と長身を見せて
悠然と降り立ったのがこの基地だった

そしてきょうも
軽量艦上攻撃機Ａ７コルセア
超低空を亜音速で飛ぶＡ６イントルーダー
西側戦闘機の中核Ｆ４ファントムなど
かのＢ29を遥かに上まわる性能の艦載機群が
タッチ・アンド・ゴーの離着陸訓練を繰り返す

機械美の極致である最新鋭機も
ぼくたちには住処を震わす爆音の源
北の脅威への備えも
ぼくたちには耳を覆うばかりの地鳴り

ある夏の一夜
一〇〇フォンを超える爆音が
一〇〇回以上も空と地上をかき乱したが
これは枕許で自動車の警笛を

二分おきに聞かされる騒音に相当する

ふるえる窓ガラス
ふるえる庭木と野鳥
ふるえる家々そして町
ふるえる先進国日本のぼくたち

〈敗戦の産物である近くの基地を離着陸する戦闘
機の爆音は、自動車などの生活音とは比較になら
ない凄まじさ。けっして慣れることはない。〉

まいねずみ

横なぐりの血腥(ちなまぐさ)い夕陽　汗にまじって皮膚からに
じむ熱帯林の藍藻のにおい　場違いな空港の待合
室で心待ちにするのは　ひとというよりも　にほ
んのたばこと雑誌だった　キューバ危機のなりゆ
きも知りたい

むかいの席の小柄な婦人が足先だけでタップを踏
んでいる　優待室よりもここのほうが退屈しない
よね　そう付け人にささやいているようす　黒地
でまとめた帽子と支那服と踵の高いちいさな靴が
無数の斑猫(はんみょう)を埋めこんだように光っている　とり
わけ靴はくろがね色に輝き　折りたたまれた足の
せいで異様に甲(こう)高い　辛亥革命からまだ五十年と
は過ぎていない

婦人は涼やかに立ちあがる　手もちの籠から真白
いはつかねずみを床に放つ　かたつむり管異常を
珍重された近親交配の末裔は　倒れまいと自らの
尾を追ってワルツを踊りだす　くるくる　くるく
る　そして血色(ちいろ)の光におびえて　舞いながら螺旋

を描き　斑猫の輝く靴のあいだに戻ろうとする
婦人はタップを踏みつつほほえむ　かわいい子
とでもいっているのか　くったくない横顔はうつ
し世とは縁遠い

気づけば纏足の婦人の一行は消えている　忘れて
いたあひるの玉子と揚げバナナの間食に手をつけ
る　待ち人を見過ごしてしまったようだ

〈一九六二、三年、私はマニラ南郊の国際稲研究所
で働いていた。そのころのマニラ空港でのひと
時。ベトナムへの米軍の爆撃は六五年以後のこと
なので、当時の研究所にベトナムの研修生も少な
からずいた。〉

野火に揺れる製糖工場

乾季のさとうきびの刈り入れには腰の蕃刀込みで
雇われる　背丈に倍する開花前の伸びやかな植物
の根元をばっさり斬ると　泡立つ薄緑の血液が錆
びた刃を染める　つぎの一振りで甘い汁液は蕃刀
の汗になってとび散り　豊かな葉を切り離された
茎だけが畝のくぼみに転がる　植物の倒れたあと
にあらわれる卵のある鳥の巣と老鳥の乾いた死骸
うろたえる蛇と大とかげ　糞まで甘いいなご　と
きには同朋の白い骨　ときには最期の日誌のある
手帳

午後の陽が翳ると　かなたの工場の側門から小さ
な機関車が姿をみせ　投げ縄状の線路に沿って広
い畑を一巡する　人足は蕃刀を腰におさめて二両
連結の無蓋貨車の脇を歩き　畝の茎を投げ入れる

機関車の釜には茎の搾り滓をたえず補給する人足
がいて　まだ赤い灰を掻きだす　カラメルの香の
青い煙が畑なかの列車の位置をおしえてくれる

汽車はゆったりと側門に入り　圧搾機の前に茎の
山をつくって　もう一方の側門から抜けていく
山なす茎を切り分け圧搾機の穴に投げ入れる　日
雇いにできる仕事はここまで　舌刺す煙草をふか
しながら無数の甘い細胞の潰れる音を聞く　搾り
とられた茎はさらに二基のローラーの間を潜り
水気のない繊維になって出てくる

暗緑の搾り汁はといえば　石灰乳と混じり合って
濁りを増すが　加熱されながら工場の裏手を一巡
り　一転透明な液になって戻ってくる　濃縮され
減圧の結晶筒に入ると褐色の液のなかにきらり光
るものがあらわれる　遠心分離機からなだれ落ち
円錐形に降り重なる赤みを帯びた結晶　硝子越し
のあやしい無人の工程

外ははや黄昏どき　小さな機関車がまき散らした
熱い灰のせいか　畑のそこここが燻っている　老
鳥の乾いた死骸に巣の卵　逃げ場なくした蛇と大
とかげ　糞まで甘いいなごの群れ　ときに白い骨
ときに最期の日誌のある手帳　日雇いが着忘れた
赤シャツ　畝のくぼみの糞便　どれもこれもが地
面を覆うさとうきびの緑葉とともに燃え燻る原風
景　舌刺す煙草をもう一服　よじれた日当を握っ
て村へと帰る　製糖工場が中世の砦の影絵になり
野火のかなたにぼやけていく

〈戦後のフィリピンには日本が残してきた製糖工
場がいくつか引き継がれ稼働していた。〉

うたげ

昨夜は眠れなかった
ハンモックを揺らして蚊を追いつづけ
網目から汗を滴らせた
寒風の橋を渡り一家で買い物や墓参りをした
　子供のころの年末の情景が
ことさら生々しく天井を行き来し
目が冴えた

この土地には二つの季節があるんだ
暑い季節と　より暑い季節
と鈍い冗談を口にして
招いてくれた村医の男がわらう
月に一度まつりがないと
一年がもたないんだよ　またわらった

ようやく料理がきた
深鍋の熱湯を傾げて捨て
真ん中の皿に中身をごろりと載せた
豚の脳まるごと
各自が大匙（さじ）でこれを切り取り
魚醤（ぎょしょう）を垂らして口に運ぶ
外側の大脳はねっとり軟らかだが
なかの脳幹にいくほど筋っぽくなるよ
村医がおしえてくれる

中空を蕃刀で切り裂くと
中庭の立ち木に縛られた若い男が現れた
捕虜にした敵の戦士を磔（はりつけ）にする余興だが
伝承と椰子（やし）酒が血を煽（あお）り
妄想は爆ぜる寸前まで膨張する
皿に二つ目の脳がきた

寝不足だがたんぱく源は摂った
明朝はつぎの島に渡る　そこにはまた
別の人々のうたげと食い物がある
一個の手荷物を預け置くだけで
この村も懐かしい故郷に思えてくるだろう
さらにつぎの島つぎの土地へと移るごとに
わが出自はうまい具合にかき消え
迷路は佳境に入っていく

〈ルソン島南部の暑い年末年始だが、日本兵の体験した地獄には程遠い。村人たちは友好的だった。少なからぬ人々が日本兵の銃剣を護身に携え、なかには祭りになると旧日本軍の将校服を着込んでくる者もいた。〉

日干しれんが

朝が　鶏糞まじりの赤土のうら側から
這いでてくる

断りなく通りの店先を掃いて
ひと握りの食いものにありつく
朝走りする人たちの優雅な靴音に怯えながら

口減らしに父に追いだされた
でもいつか父のように
日干しれんがづくりの職人になりたいな
泥人形が歯を見せてわらう

知られたくない産まれたころのこと
ねえさんが消えたころのこと
此岸に棲めばまたの世はあり

この世をすぎれば彼岸も失せる

この世はれんがづくりのこどもたちで充ちている
泥囲いに漏らす　飲み水よりも透明な尿
砂けむりの町々をさ迷う偽僧の
経文めいた呟きがここちよい

ゆうべの鳩の羽毛と骨
汗でこわばる下着　めくれる皮膚
しまつにこまる身内のなきがら　じぶんのむくろ
ちぎれ捏ねられ　れんがのなかに葬られる

獣面の像をまつる楼閣は　地中の揺れに
ひとつひとつのれんがに還り
祈るひとびとのすき間を埋める
そしてなにもかも　土くれに戻っていく

どこから来て　どこへ　って？
なに　もとからここにいるのさ
あらわれては消え　あつまっては散る
それは　てのひらに乗せた一枚のれんが
てのひらに降る　まだ見ぬ　粉雪

〈実際に接し、また映像を通して、いまの世のさまざまな地域に日干しれんがつくりをする子どもたちがいることを知る。それは自身の戦後体験へと直結する。〉

トーチカ

船を降りると朱さんが待っていた。定年になって顔つきが変わったようだ。自転車の荷台に乗ると朱さんが漕ぐ。一本道を自転車はのろのろ走る。朝霞のなかに綿毛がゆったりと舞う。畑地に三つ四つと碗を伏せたようなものが見える。あれは露語でトーチカというよ　と朱さんは漕ぐのを止めて　地面に特火点と書く。この地はかつて戦場の只なかだった。あとは漕ぎ手を交替して小一時間日干し煉瓦の家に着いた。

窓外の鮮やかな菜の花畑を固い構造物が半ば遮っている。不粋なトーチカだ。家のほうが後でできたから仕方ないよ　と朱さんがまた笑う。子供のころ　あのなかを遊び場にして叱られたそうだ。むかしわたしは砂場でトーチカ遊びや地雷遊びに興じたが　こちらでは本物のトーチカで遊んでいたのだ。

朱さんはいう。夜のトーチカは怖かった。冥途への入口があると本気で信じた。ときに闇に紛れて一箇小隊ほどの兵が奇術のようにそのなかに吸い込まれ　別のときには　疲れ傷ついた兵が連なって出てくるのを目撃した。きっと地下の連絡網に通じていたのだろう。

部屋を出てトーチカに入ってみる。体を屈めて潜り込む。薄暗い。反対側に黄色の横長の切れ目がある。銃眼だ。ほかにはなにもない。笑顔の朱さんが足元の湿った稲わらを持ちあげると　小さな白いきのこが地面を覆っていた。

むかし食い物に困ったとき　このきのこを見つけた。菜の花の時節になると殖える。味も香りもないが毒気もない。両手一杯採ってきて　火で焙り辛味噌をつけて昼飯を摂った。

日はまだ高い。帰りも自転車に乗せてもらった。三つ四つと畑なかのトーチカが現れる。内部を見

た目には　それらは来たときとは違ったものに映る。取り壊さないのは　また戦うこともあるから。いや　これは冗談。やはり便利な秘密の迷路に通じているからだ。きのこの群生の下が怪しい。

それにきのこも怪しい。綿毛のなかを進むと　荷台にいても漕いでいても　眠気がおそってくる。昼食のきのこのせいだ。一本道が行き着くはずの河岸の気配がない。ふたりの行く先はどこだろう。

〈長年の友、朱さんは上海の研究所を定年になった。先の大戦では朱さんの生地は戦場になった。〉

フリアン

三十数年前に別れたままのきみのことを　近ごろ思い返している。それほど長くつき合ったわけでもないきみのことを。
フリアン。ぼくたちはときにうっかり　またふざけて　ジュリアンと呼んでいた。だけどジュリアン・ソレルとは大違いだった。

マニラの南にある稲の研究所でぼくが働いていたころ　きみは近くの村から臨時に雇われてきた。周りに水をとばして　一日じゅう立ちっぱなしでガラス器具を洗っていた。そのうえ実験用の兎の世話も気軽に引き受け　かわいがり過ぎて叱られた。

アメリカ人を尊敬し　アメリカのものならなんでも好き。だけど最新のアメリカ仕立ての研究室には最もそぐわないやつだった。前歯の欠けた日焼け顔にうす汚いシャツ。教養というものがなく英語のつづりはいつも間違いだらけ。二十歳前と

いうのに　もう子供が二人いた。
研究室のボスにはご機嫌とりに自作の大トカゲの剥製（はくせい）を進呈して驚かせ　ぼくたちにはバナナの房を毎日のように持ってきて腐らせた。なにかしらちぐはぐなやつ。

ぼくを手造りの家に招いてくれる。斜面のバナナ林を抜けた草地の隅に　ニッパヤシで屋根をふいた高床式の家があった。結婚の前に自分でこしらえたという。竹を編んだ床の下から風が吹き抜け部屋は涼しく清潔だった。
床のすき間から地面が見える。そこには猪ほどに口先のとがった黒豚が二頭寝そべっていた。野菜くずや食べかすを落とすと　なんでもきれいに食べてくれる。おれのうんちだってきれいにしてくれるんだ　ときみは笑った。
梯子段をきしませて少女のような奥さんが上がってきた。コーヒーを出してくれる。だけどぼくはこの焦げ臭い飲み物を半分以上残してしまった。お客があるとコーヒーはあれを炒（い）ってつくるんだときみは窓の外のマメ科の樹のさやを指し　夫婦してほほ笑んだ。

フリアン　今どうしているだろう。きみのことだから　たぶん自分の若いころのことさえ　もうあまり覚えていないだろう。歳に不相応なたくさんの孫たちに囲まれ　村の世話役にでもなって　きつい安たばこを吹かしているんだろう。

〈フリアンは密林や農園などさまざまな所に私を連れて行ってくれた。かれがいなければ私の週末は味気ないものだっただろう。〉

帰郷

精いっぱいの素潜りの果てに
浮かび出たおとこと顔を合わせる人々が
意外な長生きを不審がるかもしれない
という取りこし苦労は笑止
おとこを知る人は初めからどこにもいないのだ

産土神なるものはあの年の某日未明
機影の一過であっけなく消し飛んだ
千年の祖霊も物量になす術なく
閃光のもと　一瞬の情景だけが眼裏に縫いつけら
　れた

けむりの濃淡で描くこの世のカンバスに
未練の自動記述がひっかく幻画は
いつも下地を疵（きず）つけて盛りあがる

夢に仕組まれた左曲がりの急坂を
（米軍ジープなら一息に突破できるはずと
　こども時分にいくども思い描いた急坂を）
上りつめると　錆びた火の見櫓（やぐら）が残っている
ここから眺めた炎上する市街は
たとえようもなくうつくしかったそうだ

帰郷——だれも逆らえない心地よいひびき
しかし白木の箱が届き　ときに錦をかざる
そんな所があろうはずはない
だからこそ気ままに繰り返しあらぬ景色を弄（もてあそ）ぶ
原点つまり縦軸と横軸の交わる点を　ぽんと標し
気まぐれな砂絵を描き散らすために

〈生地は戦後の市の開発に紛れて定かでない。か
つての疎開地を訪ねてできた詩の題が「帰郷」と
は。あの時期、この地で私はすっかり変わってし

まったっけ。〉

冬の一日

顔見知りはきみの奥さんと二人の息子さんだけ
ほかの参列者にまるで見覚えないのは奇妙だった
香煙に白む斎場をあとにして
中学出て以来の古い町並みをたどる
冬の旅　と格好つけたかったが
昼前から汗ばむほどの陽気だった
外套を脱ごうとすると
比喩まみれのやわい皮膚がいやがるのだった

左に折れて丘の上の小学校までのぼり
建物も地形も面影ないことに納得して
日陰の側の坂をきみの家のほうにくだった
いまは誰もいないことを承知している
闘病の跡を示すように
収穫を忘れた畑の野菜がかたちを崩し
鈴なりの柿が耐え切れないまでに熟れている
ふいに尿意を催し勝手知った裏庭の手洗いにいく
実（じつ）のないからだの組織が溶け剥がれるのだろう
塩分のない濁った液が長々と出た

最期の一日は意識をなくしたそうじゃないか
なにを思い返していたのだ
展示中に標本箱から消えた水晶
ついに抜き取れなかった七面鳥の尾羽
きみはそそくさと姿を隠し
きみにまつわる形のあるもの形のないものが
陽を嫌う彗星の尾のように次々に後を追って行く
でも　これでさよならというわけではないだろう
どちらかがこの世にとどまっている限り

きょうは帰らず一泊しよう
生まれ育った土地で宿屋を頼るとは因果なこと
夜更けの寝床になめすように表皮を拡げ
そこここの綻びを虚構の糸で繕うことにしよう
けれんを嫌ったきみの目がないのをさいわい
もう少しだけ無粋な面芝居で遊ばせてくれ
足元から土の冷えが這いのぼってきた

〈私は疎開の生徒、この男は農家の跡取り息子。たしか小五のときから気が合い、心を通わせた。学校や住処は離れたが、友誼は古稀に死別するまで変わらなかった。〉

*

幻視飛行

おとうさん　そんなこっけいな姿でどうしたの
おとうさんはいま空を飛んでいるのさ
ひかうき　ひかうき
あをいそらに　ぎんのつばさ　はやいなあ

そんな音感で敵味方の爆音が聞き分けられますか
とオルガンから立ちあがる女の先生
いらだたしい声が　いがくり頭めがけて放たれる

懐の防弾ガラスの破片を椅子の端に擦りつけると
たちまち漂いでる甘いかおり
その酔いのなかで体重が空になって
秘密の飛行体が離陸する

無数の透明な羽虫のつくる雲のベクトル

高射砲も探照灯も届かないほどに
地上はみるみる遠ざかり
視界がまるみを帯びてくる

雨季のビルマの自転車部隊も
ヒットラーユーゲントの絵本も見えなくなり
赤く塗った大日本帝国やもも色の満州帝国は
うすみどりの大気のなかにかき消える

やっぱり地球は球形なのですね　気短な先生
気圧が下がるにつれて
色彩の練り糸が身をよじりながら次々とあらわれ
そして消えていく

あの空のひかり　空のかたち
霧の音　霧の匂い
あのころは潜水艦や戦車の絵ばかり描いていていて

ぼくたちは銀河鉄道のことなど
まだなにも知らなかった

老兵の幻影が近づきそして遠ざかる
銃を抱え華北と朝鮮半島を這いまわった末に
飛行機に一度だけ乗ってみたかった
といいながら死んでいった人
氷塊で腹を白くした銀色の巨獣が接近し遠ざかる
ガムを噛むばら色の頬の白人の搭乗兵と
視線が合う

先生すみません　今朝は兵隊さんのお馬に
茶殻を持ってくるのを忘れてしまって——
これほど地球の外に遠く出たというのに
行く手の虚空から鳥の羽毛が乱れ落ちてくる
こんなにうすい空気のなかを翼のない伝書鳩は
どこへ飛んでいくのだろう

しだいに内壁に群がってくるあわ状の卵の塊
夢の終わりを覚って揚力を失ない
透き通ってくる　幻視飛行体

あの空のひかり　空のかたち
霧の音　霧の匂いは
いまいちど地上に近づくにつれて
からだのなかの確かさから離れていく

ひかうき　ひかうき
あをいそらに　ぎんのつばさ　はやいなあ

〈飛行機という空駆ける機械には、壮快さと恐怖
という表裏の姿がある。〉

戦争好き

あなたは戦争好きですね
若い人にいわれた
あなたは戦災のことを好んで詩にしますね
という意味だが　それでも
戦時の翼賛詩人と間違われそう

もはや戦災や罹(り)災ということばは
この国になじみをなくしたようだ

養分や水分の足りない焼け跡に
ぽろりと落ちた小さな種子
やっとこさ芽ばえて六十年余
よりどころなく生え続けた

戦争はいわばきびしい一方の育ての親

情愛はないが忘れることもない

だれにも気取られないまま
長く生えすぎた野辺の草
近ごろは茎や根がやわくなってきた

あなたは戦争好きですね
なんていう　舌足らずだが心根のよい
若い人たちの手をたよって
生きがいを求める時節に
入ろうとしている

〈日ごろの思いを行分けにしてみた軽い作。戦争は日本では現実感をなくしている。これを平和と言い換えてもよいのだろうか。〉

投稿詩

さつき闇というのだろうか
天井の灯も心なしか湿っている
きょうは朝から
老人の手の甲ほどに
　しわが寄り色褪せた薄っぺらな戦時の文芸誌の
投稿欄を丹念に写しとっている
写経のまねごとにもみえる

早世した友の家族をたずねる句
前線におもむく弟をひとり惜しむ句
旧仮名づかいとむかしの漢字がペン先をゆらす
時の流れに背をむけた
　覇気のないことばの連なり
弱々しいその活字の窪みをなぞりながら
何かをじぶんに言い聞かせようとする

色変わりした紙のあらい繊維に押しつけられた
粗悪なインク　それがにじませる
　遠慮がちな詩作りへの息づかい
このような作を入選に含めた選者のひそやかな思
　いを
いまそれとなく推しはかる
体よくいのちをつなぎ止めて　ここまで
　紙とインクを無駄にしてきたじぶんを
わたしはじっと見かえす
なまぬるい雨の下

〈戦時にも時流に乗らず、おのれを信じる詩を密かに書き残した詩人たちがいる。そうした個人蔵の詩誌などを発掘するのも大切な仕事である。〉

記憶のなかの海

潮の匂いをかぎ分けるのは
こどものころからの特技だった
動きやまない水の拡がりを見るために
なにかとひとを誘い　またひとりして
間をおかず街を抜け出した

そのころには国鉄の貨物専用の停車場から
ひとすじの引込み線が港につうじていた
草の生えた廃線のゆるい弧をつたって
潮風は街なかにまで流れてきたが
ひともまた海岸への近道にそれを利用した

レールが砂のなかに消える先の堤防を
ひと息で駆け上がると　勘はよく当たり
そこにはこれまでとは違う海岸線

以前のいずれとも違う水の色
ゆらめく漁船のあたらしい配置があった
そこから見る海は
きのうと同じでもよく　違っていてもよかった

その海を忘れてしまったとき
その海をふたたび思い出したとき
ふたつの時と時とのあいだの歳月は
霧の河口を泳ぎ渡るときのように
とりとめがなく　きれぎれの記憶は
たがいに重なり合うことを避けたがる

便りにきけば
かつて住みなじんだあの地には
旧海軍の燃料廠に数倍する
石油コンビナートが湾岸沿いに根を拡げ
地図には湾の形が描かれているが

目からも耳からも海は遠退いたという
潮の匂いをかぎ分ける特技はいまも変わらない
あの海はもうこの世にはないというのに
波音にうたれる心地よい不安や物憂さを求めて
五官がゆるりと目覚めることがあり
そんなときにはいま住む町の貝塚の丘に
見えるはずのない別の海を見に行く

〈海といえば高射砲の煙や探照灯の明かりがまず頭に浮かび、それ以前の海水浴や潮干狩りの記憶はやはり遠い。しかし戦後のあの海はひとの近寄れる所ではなくなった。〉

あかぎれ

まともに生徒のほうを見ないで

こまめに教壇を行き来した
甲高くかすれた声
なんだか世のなか全体に遠慮している貧相な仕種
痩せてごく小柄な数学教師

つま先立って書く歪んだ放物線や双曲線
この先生だいじょうぶかな　どの生徒にも思わせた
いまはもう名前が出てこない
でもだれもが知っていた渾名（あだな）　のみさん

婦人用の自転車を漕いで
隣市から通ってくるらしい
なにかの事情で婿（むこ）に入ったけれど
家付きの奥さんはふつうの背丈のひとだった
と目撃者が得意げに披露する

冬になると　白墨をもつ骨っぽい手に
あかぎれの血がにじんだ
勤めまえの朝　帰ってからの晩
なにかしら水仕事をしているのだ
辞典を引けば　あかぎれは皹とも皸とも

黒板を這うあかぎれの手
見てはいけないものを見ていたのかもしれない
のみさんは　暗黙のうちに
だれからもうやまわれた

〈私たちより一世代近く前の高校の先生。兵役に
応じられなかった当時の心労が偲ばれる。〉

馬

眠りながら行軍した体験を少なからぬ復員兵が語

っている　まして四脚の馬は立って眠るだけでなく　眠りつつ騎手の声を聞き分け手綱の緩急に応える　命ぜられるうつつの所作にかくあれよと思う夢が重なり　入り組んだ地形を巧みに突き抜けときに天空千里を一気に翔（かけ）る　なんと優しいまなざし　と人が感嘆するとき　馬は眼を見開いたまま心地よげに熟睡しているのだ

かつて宋江の乱では官軍は連環馬によって当初梁山泊軍を圧倒した　この戦法では騎手は両の眼を　馬は四つの蹄をのこし他のすべてを鉄甲で被い　各三十騎を鉄輪でつないで一隊とした　そう史書にいう　鉄甲のうちにいる安堵から人は慢心して居眠り　それを察した不安から馬のほうは眼が冴えた　やがて群盗の側は戦術をあらため　徒歩で近づいて馬の脚を鉤（かぎ）槍で引っかけるようになる　馬は不安が的中して動揺し後脚立つ　落ちた騎手の眼を突かんと窺えば　紅灯を臨むがごとくになお虚ろであったという

江戸の世に殺めてはならぬ者は　日頃ろくな目をみていない雲水と旅芸人と流罪人とされたが　これに加えて夜の飛脚にも手出しできぬ掟だった　ときに飛脚は脚絆のなかに甲馬のまじない札を忍ばせ　西に東に早馬を凌ぐほどに疾走した　運ぶ文の中味は問わない　暗闇の街道を夜駆けする飛脚は　甲馬のまじないのおかげで　首から上はぐっすり眠りこけていた

もとはといえば馬のおかげ　馬のせい　なんと優しいまなざし——と人が嘆ずるとき　馬は眼を見開いたまま　同じ所作であちらの世界を遊び惚けている

〈他国のことは分からないが、旧日本軍はあれほ
どの近代戦に軍馬を最後まで酷使した。詩の記述
が事実でなければ、馬たちが人に遵うことはな
かっただろう。〉

回転木馬

どこで覚えたか子供のころ　回転木馬ということ
ばにこだわった。木馬の姿とそれが回転する有様
が頭のなかで像を結ばなかった。都会の遊園地に
あるらしいがまだ見たことない　と周りのおとな
たちもいう。
疎開先の農村の空にも敵機の爆音が響き　夜毎に
さらに奥の山裾の農小屋まで避難した。戦争末期
の雨の多い時節　小屋の前を蛍が邪魔になるほど
飛び交った。
めぼしい都市はすでに焼け落ちた　とおとなたち
が話す。遊園地がなくなれば回転木馬はもうこの
世から消え失せたことになる。それは外国　火星
地獄極楽などと似て夢想の世界に遠退いた。
農小屋前の湧き水が川から海に注ぎ蒸発しまた雨
になり山腹にしみ入る循環　十分に贖罪の日にち
をかけて七度生まれ変わり人間に戻る輪廻　二百
五十年近くかかって太陽を一巡する冥王星の公
転。そのように　ひとたび木馬に跨がれば自分は
木馬そのものになり　想像するだに恐ろしい長い
時間　虚空を経巡るのだ。

目をつむって待てば木馬は霧雨のなかを次々に近
寄ってくる。近づき通り過ぎるたくさんの木馬た
ちは　一頭の木馬の様々な姿体を表しているにす
ぎない。少し速度が遅くなったと感じたときが

乗り時　迷わずさっと跨がればよい　そう囁かれた。木馬の軌道は一見真直ぐだが　平地に見える地球がじつは球体であるように　それは途方もなく大きな楕円を描いている。そしていつの日かもとの所に戻ってくる。移り変わる世の中　戻った場所の情景は変わり　乗り手自身も様変わりする木馬に乗っていたことすら気づかない。

わが娘の娘と称する少女が話しかけてくる　蛍ってかぶと虫ほどの大きさ?　と。今ではそれは空想の水辺だけを好んで飛び交っているらしい。目の前を次々に行き過ぎる木馬が見えるかい　と逆に問うてみる。少女はけげんな顔をしていう回転木馬には飽きてしまったよ　もうそんなにちびっ子でもないし。なんというこだわりのない物言い。

焼け跡を背嚢（はいのう）を背負い家族を捜して歩き回った人その焼け跡を貫く川での水浴を一度だけ黙認してくれた人　わが父母はいま木馬となっていずれかを旅している。少し遅くなったと感じたとき　それが乗り時　迷わずさっと跨がればよい　気の済むまで　幾度でも。そう囁かれた。別れるのではない　木馬となって皆に会いに行き　また会いに戻って来るのさ。

〈戦後の回想は果てしない。目を閉じれば木馬は幾度でもその場所に連れ戻してくれる。〉

運河

その題の短詩を投稿誌でもちあげられてから
なにかと寄りつく癖がついてしまった

興がのれば水鳥の脚をゆわえて水面をはしり
両手で魚の胸びれを操って水底を這いもした
ぬれた陰画はそのまま焼きつけず
もっともらしく市場や女たちの話に作りかえて
ひとに見せた

家庭教師をしていた生徒が
飲酒できる歳になって溺れ死んだ
つれづれの冗談が水への過信をうえつけたのだ
あそこでは
不揃いな古煉瓦の水ぎわで
石灰をこねる英兵が渇きをいやし
監視の日本兵がたくあんを洗ったりした
又聞きだが粉飾はない

出入口がないのに秘やかな流れは絶えず
食えない月の飲めない潮の満ち干さながら
進化を急く生きものどもを
癒しという甘言で誘って時をすくいとっていく
利他遺伝子などと土かび臭い睦言で
糊口をしのぐ煩わしさはもうはたき落とした
で苦悶の爪痕で彩られた空洞をあちら側へと
着古した普段着で　戻りのないひと潜り

〈このような近作にも、戦時に港湾で働いていた
俘虜の心象がよみがえる。実見していないだけに
詩想は膨らむ。〉

タマムシ

今朝受け取った小包には　在米の友人が送ってく
れたカリフォルニア・アーモンドの缶が入ってい
た。銅貨で蓋を開けると　枯れた心材を割いたと

きの匂いが　気温の高まってくる部屋に立ちこめた。蓋が開いたとたん　塩粒にまみれたこのバラ科の褐色の種子は　缶のなかでタマムシのさなぎの姿でいっせいに動いた。帰国したいけれど日本に職がない　と友は便りのなかで嘆く。

昭和二十年初夏　罹災直後の第一国民学校の焼け跡にわたしは佇んでいた。ひとよりも丈の高いものは　校庭の東寄りの隅の楠（くすのき）の幹の黒い残骸だけだった。そのとき遮るもののない空に緑色の光が走るのが見えた。それは留まるもののなにもない焦土のうえを旋回してやまない一匹のタマムシだった。焼夷弾を受けて燃えていくとき楠の巨木が放った強い香気が　遠い土地からこの甲虫を呼び寄せたのだろう。

タマムシの幼虫が樹の幹に穴をうがって過ごす期間はさまざまで　産みつけられた材の栄養分しだいという。歳月にかかわりなく体重がある重さに達すると　かれらに羽化の仕度が許される。親の代からの木造り家具の材のなかから不意にタマムシの成虫がとび出して　ひとを驚かすこともあるそうな。

いつのことだったか　病む私に妻が手渡してくれた塵紙を開くと　タマムシの遺骸が縮こまっていた。この先の林で拾ったという。乾いていて軽かった。思えばいつからか　わたしは生きたタマムシにお目にかかっていない。樹々の梢のはるか上空を飛びつづけてやまない　かの甲虫の習性は哀れだ。

〈玉虫は虫好き少年の憧れだが、私が相変わらず玉虫にこだわるのは、被災後の校庭で見かけたこ

の甲虫の旋回のせいに違いない。〉

いとしい夏

ききわけのない獣の夏には
いくども訪いをいれたのだが
いつもさいごのところで突っぱねられた
はじめて遇ったとき
女親と子らを両の手でまねきよせ
それはくったくない笑みで顔をくずしながら
沸騰する呼気をふきかけてきたのだった

いいように弄ばれる親子を
うす目の隅からぬすみ見していたのは誰だった
ほかのねこ科の獣だったか
えものをからめとる蔓草をてなずけた二足歩行の
　獣だったか
日ざしを遮るはずの屋根瓦はくずれて
渇きをいやすはずの井戸を埋めていた

下肥で熟れる麦畑に身をふせて
銀翼の猛禽の影をやりすごした
みのる畑はひとさまのもの
畝に寄るだけで追われた
ひとの世の異変を知ってか知らないでか
揚げひばりが啼く
いくら画布を塗りかさねようとも
赤土にもどった焼け瓦と　とけた骨のかさなる防
　火池は
いまも身もだえている　ほら　前に後ろに

いなかの悪童どもが溜め池で生臭い川魚と戯れる
なにがあっても浮いてくる浮き人形

それは浮きあがる意志ではなく
なにものかの操る邪な意趣だった
おまえたちには下肥を撒けてもボルドー液はつく
　れまい
羊毛や頭髪がくすぶる焦げくさい路地うらへ
おためごかしのおとなの手で連れもどされる
にっき水と日光写真のつましい港祭を出しに

日の出から日没まで
じぶんの影を踏んで野を歩めば
足うらはどんな図形をえがくのだろう――
気のきいた夏休みの宿題をじぶんに与えて
幾十年をむだにした　きょうも足を止められない
これ見よがしに歪む図形をなぞって
ききわけのない獣の夏には　逢いたくなるたび
いくども背を屈めてすり寄った
が　いつもさいごのところで突っぱねられた
はずかしながら　こうして
逆吊りの四季がよじれる末世にまで
おもわず生きのびた
あの夏の汗まみれの懐に抱かれて
五官をふるわせるひとときに
親と子は夢のなかだけで相まみえる

いまは人目かまわず諦めの襤褸（ぼろ）をひらめかせ
たぎる坩堝（るつぼ）にやすやすと呑みこまれていく
もうじゅうぶんに　おあずけ　してもらったよ
どこまでも　いとしい獣の夏には

〈猛獣の跋扈（ばっこ）するような敗戦の夏ほど、小動物の
親子が固い絆で結ばれていたことはない。さもな
いと生き延びられなかった。ひとの親もまた母獣
だった。〉

文（十五篇）

私の八・一五

——この項のもとの文章は「新詩人」誌（一九八二年八月号）に掲載された。

昭和二十年（一九四五）八月十五日。このとき私は国民学校三年生だった。おそらく私の属する世代は、身辺に起こった当時の出来事を記憶している最後の世代ではないかと思う。もちろん年少のことだから、終戦前後の世の移り変わりの有様はのちに知識として仕入れたものにすぎず、実地の出来事の記憶はごく身辺の日常生活の断片に限られているだろう。しかし、その個人的な身の回りの記憶も、実際にわが身で体験してきた事柄である点で、なにがしかの意味をもつはずである。

すでに戦後生まれが人口の半分以上を占める時代になった。いずれ私たちの世代が地上から消え失せれば、昭和二十年八月十五日は活字や映像を通じて間接的に語られる歴史のなかに組み入れられてしまう。数日前の新聞の報じるところでは、政府は八・一五の「記念日」制定を閣議決定し、戦後三十七年目の今年からこの日を「戦没者を追悼し平和を祈念する日」と統一して呼ぶという。私たち個々人の戦中・戦後体験は、しかし、このような美しくも重々しい呼び名を与えられた記念日とは別のところに、さまざまな思いとともに存在し続けている。たどってきた道程のなかの昭和二十年八月十五日という日が今日に投げかける影の濃さも、ひとさまざまだろう。

市井の個々人の体験などというものは、いずれ世代が移り変われば歴史という単一色のうちに塗り込められてしまう。切れぎれの記憶であるからこそ、一人ひとりが自分のため、そして身近の者のために、それを書き留めておく意味があるように思う。むずかしく考えずに、自分よりも若い家族のために、「それぞれの八・一五」を、じかに話すように書き残しておいてはどうだろうか。とりあえず私も地上約一メートルの目で見、耳で聞いた私の八・一五を振り返り、つづってみよう。

二・二六事件のちょうど一年後に生まれた私の幼時から少年時にかけての時期は、大日本帝国の戦域の拡大とその破滅の過程に沿っている。戦時下の世の中に慣れきった私という少国民の生活に突然の変わり目が訪れたのは、昭和二十年六月十八日未明である。この日、私の住んでいた市は米軍機の空襲をうけ、私の家族も被災した。この日の前と後とでは、私の身辺のさまざまな事柄がすっかり変わってしまった。八・一五は日本人共通の終戦または敗戦の日であるが、私にとっての八・一五は六月十八日以後の目まぐるしくもまた空白なひと続きの日々のなかの一日にすぎなかった。もし家族のもとを離れて他家で一泊するという偶然がなかったならば、八・一五は私の記憶からこぼれ落ちていたかもしれない。それゆえ、私の八・一五を思い起こすべく、それに先立つ約二か月の日々をまずたどってみることになる。

六月十八日未明の被災のあと、家族は近郊の農家に身を寄せたが、しばらくはそこで食べていくことのみに腐心する日々を送ることになる。被災記録によると、市への米軍機の空襲は六月十八日の後も六・二二、六・二六、七・九、七・二四、七・二八と続き、海軍燃料廠（しょう）を中心とする沿岸の工場地帯に爆撃が加えられている。身を寄せた農家のある集落から遠くない所に大きな紡績工場があったが、その付辺の田んぼにも六角柱の焼夷（しょうい）弾がいくつも突き刺っていた。空襲警報のサイレンが鳴り響くたびに、私たちは農家からさらに奥にある農作業小屋にまで早足で避難した。その小屋でそのまま朝を迎えたこともしばしばあった。

町の国民学校は焼失し、生徒も散り散りになっていたので、私は通学ということを忘れてしまっていた。教科書も文房具も私の手元にはなかった。土地の学校へ転校するのは翌春四月なので、それまでは近所に遊び仲間もできなかった。もっとも、こちらの田舎の学校も講堂や教室の一部が身寄りのない被災者や傷病者の避難所となり、生徒が勉強を続ける状態ではなかったという。親たちはその日その日の食料を得るために日々を過していたのだが、子どもの私がその間なにをして過していたのか、私には確かな記憶がない。

しばらくすると農家の離れには別の被災家族が住むようになった。この家族には中学生（旧制）がいて、よく私の面倒を見てくれ、遊び相手になってくれた。この中学生は毎日のように川辺に出かけて丈の高いよもぎを刈り、これを地面に拡げて乾燥し束にするという作業を繰り返していた。私も遊び半分に中学生のあとに付いて行き、よもぎ採りを手伝ったりした。よもぎの束がたまると、それを町の中学校まで運んでいった。おそらく軍馬の飼料にでもしたのだろう。裏山で松脂（やに）を採取していた中学生もいた。このような生徒の勤労奉仕はすでに被災前から続いていた。被災後も中学生には疎開地に見合った仕事が割り当てられていたものとみえる。私たち下級生も、被災前に学校に通っていたころは、空襲の合間をぬって町なかを歩きまわり、道端の馬糞を拾い集めたり、家庭からお茶殻を集めて乾燥させたりなどしていた。馬糞は肥料に、お茶殻は軍馬の餌料になった。

数日をおかず母は焼け跡まで歩いて通ったが、私もそれに付いて行った。缶詰や乾パンなどの配給品は焼け跡に出向かないと分配にあずかれなかったからである。市街地は一面の焼け野原で、ここにいる限りは米軍機の再襲撃を受ける恐れはなかった。私たちは自宅の跡を掘り返し、熱で歪んではいるがまだ使えそうな茶わんや皿を見つけては持ち帰った。拾い集めた鉄や銅をまとめて近くの国民学校の運動場に持っていくと、市がなにがしかで買い取ってくれた。

そしてなによりも、焼け跡に出向けば、一夜を境に別れ別れになった隣人に再会でき、町内の人々の安否を確かめることができた。つい先ごろまで町内の遊び仲間だった級友の一家が通りかかるのに出会うと、親同士は互いの無事をよろこんで立ち話が続く。しかし子ども同士は、ほほ笑み合うもののなぜかぎごちなく、互いにもう住む世界が離れてしまったという心持ちが先に立って、以前のようにふざけ合う気分になれなかった。

ともかくも、こうして私は環境の急変に当り前のように慣れてゆき、農村の生活のよさになじんでいった。一家全員が無事だったのがなににも増して幸運だったと、幾度も母に聞かされ、焼け跡でトタン板を被せられたままの遺体や、集会所などに収容されている傷病者を見るにつけ、子どもの私も本当にその通りだと思った。そして特別の前兆もなく八・一五は私たちのほうへ近づいて来た。

被災前の私の家の隣は製パン店だった。おとなばかりのパン店の一家は私をたいへんかわいがってくれた。私も親の目がないとついその家に入り浸り、酵母の匂いの立ち込める製パン場でパンづくりの一部始終を飽きもせず終日眺めていたという。もっとも戦争末期になると、パン店の店頭に並べられるのは真っ黒なまがいもののチューインガムや塩こんぶといったものばかりで、商売は休業に近かった。製パン場では、母を含め町内の主婦たちが交代で集まって、非常食の乾パンづくりに奉仕していた。

空襲は一言の挨拶もないまま隣人との突然の別れをもたらす。被災後しばらくしてから私たちはパン店の一家と焼け跡で再会し、互いの無事をよろこび合った。しかし生活の場所がすっかり離れてしまったせいか、その後しだいに疎遠になっていったのはやむをえなかった。パン店の末の娘で当時女学生だった人がひょっこり私たちの疎開先に訪ねてきてくれたのは、被災後二か月近くたった八月十四日のことだった。この人は私を赤ん坊の時分から目をかけてくれた人である。その日、私は誘われるまま、帰るその娘さんに付いて行き、パン店の家族のもとで一泊することになった。親元を離れて外泊するという私には稀なことがなかったならば、その翌日の終戦の日はおそらく私の記憶には残らなかったに違いない。新聞もラジオもなく、今日が何日の何曜日であるかさえも忘れそうな日々を、当時は送っていた。

パン店の一家は伊勢湾の海辺に面した農村の親戚に身を寄せていた。そのころには湾岸の工場地帯も市街地もすっかり焼失していたので、もうそれ以上米軍機の来襲を恐れるには及ばなかった。名古屋からの近鉄電車も開通していたものとみえる。その農村は戦争とは無縁にみえるのんびりした田舎だった。駅から水の澄んだせせらぎ沿いの小道を歩きながら、土地の腕白どもにからかわれたのを覚えている。その日はただ、おとなたちに交じって夕食をご馳走になり、ひと間の部屋で家族とともに一夜を過した。寝床のなかでは、二階の窓から窓へ屋根伝いに出入りできた被災前の二つの家のたたずまいが、しきりに懐かしく思い出された。

翌朝目覚めると、おとなたちはすでに起きていて、部屋のなかの私以外の寝床は片付けられていた。庭からは障子を通しておとなたちの声がいやに賑やかに聞えてくる。見ると、近所の男衆が数人して防空壕を掘り始めるところだった。田舎だけあって防空壕掘りを今ごろになってやってる、のんびりしたものだと私は思った。

市街地では防空壕の備えは各家庭にずっと以前から義務づけられていた。町なかでは場所がないので、どの家庭も狭い庭先や台所の床下に堅穴式の壕をつくっていた。私の家では召集を前にした父が早々と掘っていった。私は徐々に深くなっていく穴の縁にすわって、父の作業を眺めていたものだった。その壕は玄関からの通路に畳一枚ほどたたきを割って掘ってあり、子どもがすっぽり隠れるほどの深さがあった。普段はそこに板が渡してあったが、ときには中に入って、土の側面に群がっているカマドウマを追い散らして遊んだりした。防空壕も、防火用水、砂袋、天井のぶち抜きといった家庭の防火対策の一環として、役所のお達しで備えられたものだったが、たびたびの空襲警報の際に私の家族がそのなかに避難したことはついぞなかった。

いま海辺近くの農家の広い庭に掘り始められた防空壕は数家族の共用のものらしく、随分大きな規模になりそうだった。男衆は賑やかに冗談を交わしながら作業をすすめている。私は子どもながらに、こんな田舎にも空襲はあるのかしら、もし空襲がほんとうにあれば防空壕など役立たないのに、とひとり思った。被災の体験から、町の外に逃げ延びないで市中の壕に退避した人々に犠牲者が多かったと、おとなたちが話しているのを聞いていたからである。事実、近所の同級生の一家五人も、自宅の防空壕で煙に巻かれ遺体になって発見された。爆弾ならばともかく、火災を起こす焼夷弾には防空壕はむしろ危険だった。

その日、八月十五日には、昼にラジオを付けるようにと前もって通知があったようだ。庭で防空壕掘りをしていた人たちも手を休めて盛り土のうえに腰をおろし、私や女の人たちは縁側に腰掛けて、一台のラジオに耳を傾けた。私はこの正午の放送の予告もその意味も知らなかったが、おとなたちに倣ってラジオの傍にすわっていた。後日さまざまな人たちによっていわれたように、ラジオからの天皇のお声はただきんきんと響くだけで、結局私にはなにも分らずじまいだった。男のひとりが、「ということは、つまり、こんな防空壕をいまから掘っても意味がないっていうことか」と大きな声で突然いい、「そういうことになるかなあ」ともうひとりがそれに応えた。わけの分らないまま私は、いやそんなことはない、たとえ役立たずでも防空壕は掘り終えないといけない、いずれ役所から検査に来ることだし、と心のうちで思った。

その場には二、三家族の人たちが集まっていたが、陛下のおことばを聞いて泣いたり取り乱したりした人はいなかった。放送の前も後も、おとなたちの様子に変わりはなかったのだった。私は傍に腰掛けていた娘さんから、戦争が終わるらしいとおしえられた。そのときには周りの様子から、このことばを戦争に負けた、もう戦争が終わったとは考えずに、やがて戦争は終わるらしいという意味に私は受け取ったのだった。

娘さんにしたところで、被災前にはラジオからの敵機何機撃墜、敵巡洋艦何隻撃沈という大本営発表を毎日欠かさず聴き、帳面に記録していたが、いまはそんなこともすっかり忘れてしまった様子だった。陛下のラジオ放送を直立不動の姿勢で聴き、たまらず皆して号泣した人々のことや、靖国神社の玉砂利のうえで割腹した軍人のいたことは、後日になって知った。

その日の午後、私はまた娘さんに送られて自分の家族のもとに帰ってきた。ラジオがなかったので母や祖母は正午の放送を直接聴いていなかったが、戦争の終わったことはすでに知っていた。母や祖母の様子も、私が出かける前の昨日となにも変わっているところはなかった。空襲の被災者にとっては、戦争が日本の敗戦によって近々終わることは、すでに心のうちに自然に予測されていたに相違ない。

娘さんからは、帰りしなに数本の鉛筆と不用になった焼け残りのパン店の伝票用紙をおみやげにもらった。伝票は裏の白い側を表にして二つ折りにし、和綴じの帳面をつくった。秋になると郊外の教会を借りて国民学校の授業が再開した。物心ついて初めて私が経験する、戦争のない世の始まりだった。

二つの学校

別のところでも書いたが、私の家族が住んでいた町は昭和二十年（一九四五）六月十八日に三十五機の米軍爆撃機の空爆をうけ被災した。その後は近郊の農家に身を寄せ、畑仕事を手伝いながら、ときたまの配給品を受け取りに焼け跡に出向くという生活を送っていた。空襲の二カ月後に戦争が終わり秋になると、町はずれに焼け残った天理教の教会を借りて国民学校の仮教室が再開したとの知らせがあった。小学三年生の私は疎開先からそこに通うことになった。そこは正しくは教会だが、私たちは見かけからお寺と呼んでいた。

当初は教室まで徒歩で通っていたが、そのうち軽便電車が再開通した。電車で四駅乗り、終点で降りると教室まではそれほど遠くはなかった。しかし、郊外の農村と被災した町とを結ぶ二両編成の小型電車はいつも混んでいた。手動の扉は開け放したままで、なかに入りきれない人たちが体を乗り出してそこにぶら下がった。私もときにはおとなに混じって同じことをした。すし詰めの電車で小時間往復するだけだったが、いつもしらみを拾ってきた。学校から帰ると、日課のように私は衣服を脱がされた。母は服や下着の縫い目から目ざとくしらみを探し出し、親指の爪でぷつんぷつんと潰して、数をかぞえながら並べていく。一家でそれを見つめるのである。

土くれになじんだ私の手足や着たきりの衣服はいつも薄汚れていて、手に握りしめた切符が小時間乗るだけで薄黒くなった。母は疎開してあった帯の芯で肩掛けかばんを作ってくれた。それは黄色の地に黒の縞模様が入った派手な色合いをしていた。履物は自分で編んだわらぞうりだった。そんな格好で駅を降り、まだ衣類のくすぶるような特有の異臭が漂う焼け跡を仮教室まで歩いた。教会の二階には部屋の仕切りを取り除いた広い畳部屋があり、私たちはそこで学年に分かれて授業を受けた。先生も生徒もまだ一部が集まったにすぎなかったが、それでも先生や級友に再会できたことがうれしかった。私たちは敷地のなかの運動場かわりの広い庭で羽目を外してふざけ合った。若い女の先生がいつも男ものの軍靴を履いていたのを思い出す。給食はもちろんまだなかったが、どのような弁当を昼食に持っていったのかは記憶にない。この学校は午前中だけだったかもしれない。

学校では授業だけではなく、写生に出たり、被災したもとの学校の跡地にも行き、校庭を耕してできた畑の草取りなどもした。生徒がクレヨンや鉛筆などの文具をどうして手に入れたのか見当がつかない。ある日、私たち生徒全員は旧校庭の畑でいも掘りをした。たぶん上級生や先生が被災直後に苗を植えてくれたものだろう。収穫した痩せたさつまいもをみんなで分け、そのあとで葉を好きなだけ採った。葉は葉柄のところを皮をむいて油炒めするとおいしかった。私はそれらを帯芯の肩掛けかばんにはみ出るほど詰め込んで家に持ち帰った。農村に住んでいても疎開者にはさつまいもは貴重な食べ物だった。

電車で同じ方角から通っている級友が一人いた。その子の住まいは私よりももう一駅先だった。戦災前には隣町に住んでいて、家は印刷屋だった。父親同士も級友だったこともあって親しくなり、互いの家にも行き来した。その子の家に入ると薄暗い作業場の電灯の下に、鉛の活字の詰まった小さな木箱がぎっしりと並べてあった。しかし、いまはお互いの境遇もすっかり変わってしまっていた。

ある日、私たちは単線の線路を疎開地に向かって歩くことにした。空襲で切れた架線が垂れ下がり、割れた碍子（がいし）がそこここに落ちていた。白い碍子のなかには絶縁用の硫黄が詰まっている。私たちはその硫黄のかけらをハンカチに拾い集めながら線路上を歩いた。家に帰ってから、私は拾ってきた硫黄を空き缶に入れ、とろ火で融（と）かして付け木を作った。付け木というからには薄い木片を使うのだろうが、私は厚紙を幅一センチ、長さ十数センチほどに切り揃えて、先端を硫黄の液のなかに浸した。これを乾かして火種を移すときに使うと、マッチが節約できる。村のよろず屋にはわらぞうりなどと並べて、この厚紙製の付け木の束が吊り下げてあった。あとで聞くと、級友も帰って付け木作りをしたそうである。

教会の学校にはほぼ半年間通った。終戦の翌年の新学年から私は地元の国民学校に転校した。弟は一年生として入学した。学校は地元の人たちが三間道路と呼ぶ田んぼのなかの一本道を、子どもの脚で三十分ほど歩いた所にあった。近くに地区の役場があり、この学校の前は幾度も通ったことがある。しばらく前までは身寄りのない大勢の被災者や負傷者が校門の脇の講堂で暮らしていた。道路を隔てた田んぼのあぜ道が便所替わりになっていたという。

そういえば村でも、道場とよぶ真宗の説教場の畳の広間は空襲のあと負傷者で満員になり、いつも消毒薬の匂いがした。そして道場の周辺も学校の講堂と似たような状態になった。便所の数が人数よりもずっと少ないわけなのでやむを得ない、と子どもながらに納得した。同じように被災したけれども、私たちの家族には怪我人もなく、頼る知り合いがいてまだ運がよかったと、祖母や母に幾度も聞かされた。

新学年が始まる前に私は母に連れられ、初めて転校先の学校へ行った。母が職員室で手続きをする間、私はすのこを敷いた渡り廊下のところに張り出してある生徒の絵を眺めたり、校庭に出てみたりして、新しい学校の様子をうかがった。運動場の隅にある生徒の水洗場は水道ではなく湧き水を利用していた。水をくむと生臭い鉄分のにおいがし、洗い場や排水路は赤茶けた色に染まっていた。

水洗場の向かいに電柱ほどの丸太が立っていて、授業時間の節目になると小使さんが出てきて紐を引き、上に吊るした鐘を鳴らした。また、校舎の間の中庭には菜園がしつらえてあった。それは焼け跡のいも畑とは違って余裕があり、さまざまな野菜がふっくらと黒い土のうえに育っていた。あとで知ったことだが、鉄棒の砂場に近い校庭の隅の草はらには薄荷（はっか）が自生していて、葉を手で揉むとさわやかな香りがした。植物好きの私はこうして農村の学校にしだいに親しんでいった。

　私には二度目の学校だが、弟には初めての学校での勉強がここで始まった。たしか一年後には国民学校はもとの小学校という名に戻り、さらにこのあと六・三制のもとに学区が広くなり、私たちはもっと遠方の、ひと山越えた先の小学校に通うことになる。そして親しい友だちの数も増えていった。

記憶のなかの海

　記憶のなかの海には、白いかもめは飛んでいないし、三角帆のヨットも浮んではいない。その海は、いまの私よりも年若いころの両親や、中学校の教室で私の隣席にいた女の子のように、すでに現実のものではなく、ほかの人にこれこれと説明のしようもないが、私のなかではそれはいつも新しい。

　強いていえば、そこには大洋に連なる水のうねりと厚みのある砂浜、それら両方を隔てる泡立つ波打ち際があるばかりで、風景を彩る装飾物はほかにはない。露出の過剰な黒白写真に似て、ただ形の大きな、輪郭の際立ったものだけが、平らな面にくっきりと窪みをつくっている。

　記憶のなかの海では、私は浜砂にめり込んだ乳母車のなかにいる。波打ち際では祖母が腰をかがめて青海苔(のり)を採っている。風は冷たく、ほかに人影はない。祖母のすることを待つ間、私は乳母車から首だけ出して、初めて見る海をとくと観察する。採った青海苔を祖母は自分のやり方で煮た。湯に通した海苔は店で売っているものよりもずっと青々として透きとおり、青臭い海の香りがした。祖母はひと冬に一度だけそうしないと満足しなかった。

　私が物心ついたころ、父は教員だった。夏になると学級の生徒とともに恒例の海水浴に行く。そして私もついて行く。私は年長の生徒のひとりに生きた馬刀貝（まて）をもらい、それを片手に握ったまま、むりやり父の背に乗せられる。生徒たちの見ている前で父は得意そうに水中に少しだけ潜って泳ぎはじめる。私はおどろいて頓狂な声を出し、うしろに倒れかかって父の白い褌（ふんどし）にすがりつく。

　戦争がはげしくなると父は家族の内にはいなくなる。召集の朝、父は町内の人々を前に自慢の大声で出征の挨拶をしたが、出発間際に私がいないことに気づき家族で捜し回ったという。私には召集の意味が分からず、いつものように遊びに出かけたのだった。

　銃後の護りが忙しくなると、私たちは海へもあまり行かなくなる。砂浜での町内の運動会に加わったおぼろげな記憶が蘇る（よみがえ）。この市の東部の沿岸地帯には海軍燃料廠があり、周辺にはセメントや板ガラスの工場、ガスや石油製品の工場が群がっていた。ときには連合軍の捕虜をいっぱい詰め込んだトラックが町の繁華街を通過して沿岸のほうへ消えて行った。揃いの戦闘帽をかぶった異人たちはトラックの荷台にひしめき合い、見物する私たちに向かって奇声をあげた。戦争に深入りしていくにつれ、歩いて行ける海辺は私からさらに疎遠になっていった。

　その日もいつものように空襲警報が鳴り、私と母は映画館前の食堂をとび出た。東の沿岸のほうでは鈍い高射砲の音がして、空にはいくつもの砲煙があがっている。煙のかたまりは空の一定の高さのところに集中して次々と数を増し、先にできた砲煙は拡がって輪郭がぼやけていく。砲煙は葉の群がるポプラの梢にそっくりだといつも思った。それまで姿のなかった敵機の編隊がゆっくりとも見える速さで上空を横切って行く。そして、そのうちの一機が突然赤黒い煙を吹き出す。不運なその一機はあっという間に斜めに傾き、煙突の立ち並ぶ工場群の向こうの海に消えた。弧を描いた煙の帯がくっきりと脳裏に焼きつく。空襲警報中であるのも忘れて、母はわあっと叫びながら万歳をする。私もつられて同じことをする。周りでもどよめきが起こった。私は海へ落ちた飛行機を見に行きたいといって、母を呆れさせる。

戦時の前半にはたまに米軍機が海に撃ち落されることもあったらしく、落下傘で降りた米兵に皆して石を投げつけたという話を耳にした。そのころにはまだ敵機は市街地を襲っては来なかった。しかし、昭和二十年（一九四五）春になると空襲が激しくなってくる。ある未明、敵機の編隊によって私たちの街はすっかり焼き尽くされた。

疎開地でのある日、中学生（旧制）の従兄が海の水を汲みに行こうと誘いに来た。被災の直後には塩が買えず、海水を煮物に使う家庭が多かった。私はおろかにも、海に行けばいつか撃墜された米軍機の残骸を見られるかもしれないと妄想し、従兄に付いていった。一升瓶を抱えて、焦げ臭い焼け跡を横切って海へ出た。久しぶりの海だった。あれほど市街が炎に包まれたというのに、海はまったく以前のままである。帰り途に私は、一升瓶から洩れ出た海水のしみた手のひらをなめてみた。それはなぜか甘い味がした。

私は海岸に接した町に生れ育ったので、子どものころには、もし望むならば毎日でも海に行き、塩水のなかに足を浸すことができた。海はあまりにも親しく、それゆえ意識の外にあった。もちろん、海についての記憶はまだ私には無用のものだった。三十歳近くになって、私はようやく定職を得て関東地方に移り住んだ。二キログラムの未熟児で生まれた子どもは五か月になっていた。

川崎市の北西部の、いまは高津区となっているあたりの棟割りの借家に住み、そこから都内に通勤した。薄給の五分の二を家賃にもっていかれ、慣れない都会暮らしが始まった。それでもまだ若くて、それなりに意欲に燃えていて、仕事の続きを家に持ち帰った。妻は中古の手動タイプを打つことを強いられ、かまってやれない赤ん坊はよく泣いた。高価な果物だったバナナを一房買えず、一本だけ分けてもらって子どもの離乳食にした。

そのような生活のなかで、ある夜いままでに覚えたことのない一つの感情に唐突に私はとらわれた。といってもそれは平凡なことで、突然海を見たくなっただけのことである。思えばこのところ海にはすっかり縁遠くなっている。しかし海を見なくても、いっこうに不自由を感じたことはない。海を見たいとは、どういうことなのか。すなおに妥協して、うわさに聞く横浜の港の見える丘公園にでも出かけてみればよい。しかし、当時の私にはそうした気分と時間の余裕に欠けていた。

方便を思いついた。日曜日の朝、私は夜明けを待ちかねて起き、赤ん坊をおぶった痩せた妻を促して外に出た。田のなかの道を自動車路を横切って歩くと、高い切割りの下に出る。この崖の上に登れば海が見えるかもしれないと考えたのだった。切割りの下をしばらく迂回して、崖の上に続く登り勾配の小道を見つけた。

高台の上は思いがけなく広々とした墓苑だった。雑木に囲まれた一隅で高校生らしい一団が早朝から吹奏楽の練習をしていた。空気が冷たく、すがすがしかった。歩くにつれて、金属楽器に反射した朝日が樹々の間から洩れ出て目を射た。墓苑を背にして、最も高い足場から私は東のほうの東京湾のあたりを見渡した。意外にも間近にきらきら光る水の流れを見下せたが、それが多摩川であることに気づくにはしばらく時間がかかった。しかし、海のあるはずの方角は都市の濃い空気の層にかき消えて、なにも見えなかった。

　どうやらその時に、私のなかに記憶の海がありありと姿を現したようだった。

水車

　しばらく前に住んでいた町には、市街地のはずれに自然の起伏を利用した広い公園があり、休日になると私は好んでそこに足を向けた。公園の一角には近在の村落から移した一軒の茅(かや)ぶきの農家があって、趣を添えていた。その農家には農具なども置いてあり、誰もが中の様子を見られるようになっていた。近ごろは挽(ひ)き臼、千歯こき、糸車といったものが民俗資料として保存される時代でもある。古い農家も都会育ちの若い人たちには物珍しいに違いない。

　その農家には人の背丈を多少上回るほどの小さな水車がついていた。下には申しわけ程度のせせらぎが流れていたが、水車は止まったままだった。家のなかには水車を使って米つきをする場所があり、杵(きね)の落ちる穴が二つばかりあいている。公園を訪れるたび、懐かしさに引かれて私はいつもその農家に立ち寄り、水車の傍で脚を休めた。子どものころの一時期、私は水車の近くで寝起きしていたことがあったからでもある。

　昭和二十年六月に私の育った市は米軍機の空襲を受け、私の家族も被災した。逃げ延びた田んぼのなかで、燃え盛る市街の赤い空を見て一夜を明かしたあと、私たちは近郊の農家に身を寄せた。

そこは祖母の旧知の家で、長男は戦死、もうひとりの息子も戦地にいて、そのときは七十歳ほどの老人の独り暮らしだった。以前には農業と精米業とを兼ねていたそうだが、そのころには働き手がなく、老人ひとりで田畑を耕していた。

母屋の裏手には屋根つづきに米つき場があったが、もう精米には使っていないので、手を加えて人の住めるようにしてあった。私たち家族はそこを間借りして、どうにか落ち着いたのだった。部屋は板の間だった。その建物には丈夫な階段がしつらえてあり、屋根裏部屋に上がれたが、そこには古い農具や竹製の養蚕の道具が置いてあった。多量のさなぎをつめた網袋が壁に掛けてあり、そのせいか部屋には奇妙なにおいが滞っていた。しばらくすると、この二階の部屋にも被災した別の家族が住むようになった。

その米つき場に寝起きして気づいたことは、絶えず滝のような水音がすることだった。川の支流から家の縁を巡るように水路を引き込んで、流れに落差をつけて水車を回し、水は裏手の本流に注ぐようになっていた。流れの向かいの隣家にも似たような米つき場があり、両方の家の境をなす水の流れで二つの水車を回す仕組みになっていた。こちら側の米つき場は仕事じまいしていたので水車も止まっていたが、隣家のほうはまだ昔どおり仕事を続けていた。以前には両方の米つき場で数十軒ほどの村の精米を引き受けていたそうだ。

流れには両家が行き来できるように落下口の前に丈夫な板が渡してあり、そこから覗きこむ水車は迫力があった。二つの水車は、公園で見る農家の家庭用のものとは比較にならないほど大きなものだった。水路を流れてきた水は四分円状に曲がった落下路に沿って一気に下る。水車の円周の四分の一はこの落下路にうまく密着しているので、水力は効率よく水車の回転に利用される。のちに私はいくつかの本のなかで種々の型の水車の図を見たが、私が実際に見たこの二基の水車ほど水をうまく利用したものにお目にかかったことはない。水車の上のほうは米つき場の屋根に迫るほどであり、また下のほうは落下点から覗きこむのが怖いほど落差があった。水を落とす位置からいえば、これらは「胸掛け水車」というそうである。

水流の強さは二か所で調節できるようになっていた。一つは本流に接する水路の入口で、ここの堰（せき）で水量をおおまかに加減した。そこから水は家を巡る水路を流れて落下点に達する。第二の堰では水流を三つに分けていた。つまり右と左の水車に流れる二つの路、そして過剰の水を放出する中間の路の三つである。両方の水車を休ませるときには、左右を閉じて中間の落下口だけを全開にする。私の見たときには、左の水車への水路はもちろん閉じたままだった。

落下口の前には澄んだ水がたっぷりと溜まり、両家の洗い場が向かい合っていた。そこで野菜の土を落としたり、農具や泥足を洗ったり、衣類をすすいだりした。両側の洗い場で話し合うときには、落下する水音に負けないような大声を出さねばならなかった。私がこの農家に来たのは梅雨期の少し前だったが、しばらくすると水路の脇には大形の源氏ぼたるが幾匹も見られるようになった。毎夜ほたるを身近に見られる暮らしは、私にはとても珍しかった。

慣れてくると、私は板を渡ってお隣の米つき場にも遊びに行った。ここも男手が足りず、しかも精米する米も不足していたのだろうか、米つき場の仕事はおばあさんとお嫁さんに委ねられていた。米つき場にひと足入ると、それまでの滝のような水音がうそのように消え、かわって杵の音が耳を占めるようになる。米つき場では上履き用のわらぞうりを履いて板の間に上がる。そこは常に乾燥していて全体が白っぽく、そして清潔だった。

水車の回転は部屋の中心を貫く太い木製の軸に伝わる。軸木に埋め込んだいくつものカムがそれぞれの杵を持ち上げ、そして落とす。板の間に穴をあけた臼がいくつも並び、そのなかで玄米を精白する。軸木の回軸に伴って次々と杵が落ちるが、これが眠気を催すなんともいえない鈍い単調な音をくり返す。お隣のおばあさんの話では、むずかる赤ん坊を米つき場につれてくると、すぐにおとなしくなって寝息をたてるそうである。幾人もの子や孫を、杵音を子守り歌にして寝かしつけてきたという。

そういえば、水車のことで私は密かな企みを抱いていていた。水が流れ出る本流から侵入して動く水車のなかに入り、りすやはつかねずみのように駆けてやろうという企みだった。別の村で上級生が小型の水車で恐る恐るそれをやってのけたのを目撃したことがあった。しかし、結局私はそれを実行に移さなかった。見つかれば母に叱られるのは覚悟のうえとしても、いつも私に笑顔で接してくれるお隣の人たちに顔向けできないと思ったからだ。

村の人たちは誰もが水車のことを「みずぐるま」と呼んでいた。このことばは私に快く響き、心を落ち着かせる。水車の水音のする住まいに私がいたのは小学三、四年生のころまでで、父親が大陸から復員する前のことである。その後数年のうちに隣家も代が替わり、精米業をやめたと聞いた。いまでは二つの水車はなくなり、家の縁(ふち)を巡る水路も埋められて、自動車が通るように道路が拡げられている。

無砂米

ある時代にはごくありふれた日常語として使われながら、時を経て生活様式が変わると、しだいに忘れられていくことばがある。表題の「無砂米」もそのようなことばの一つである。この語は現在ではまったくの死語となり、手許の国語辞典の項目にも見当たらないが、私にはどことなく忘れてしまうのが惜しいような、懐かしい響きがある。

無砂米とは白土を加えないで精白した米のことである。これに対する語は、土地によって言い方が異なるかもしれないが、ふつう「水車米」といったようだ。水力や人力を用いて杵でつく昔ながらの精米には、効率を高めるために少量の白土を加えた。それで白土混じりの米を水車米と呼んだ。現在の機械で精白する米は当然無砂米だが、これに対する水車米が世の中から姿を消すに伴い、無砂米という言い方も無意味になってしまった。ものの本によると、在来の白土を加える精米法は臼杵つき式混砂搗精法といったらしい。これに加えて明治時代半ばには、米国から精穀機を輸入して改良を施した横型円筒式無砂搗精法というものが普及し始めたという。詳しくは知らないが、現在ではさらに改良された精米法を用いているはずである。

しばらく前に私は敷き紙に使っていた明治三十年代の古新聞紙を見つけ、珍しさにかられて、しわを延ばして読んでみたことがある。これには無砂米販売の広告がいくつか載っていて、なかには「むすなや」と称する東京・神田の米屋の名もあった。これらの広告から当時の無砂米流行の有様がうかがえるが、この年代は先に述べた無砂搗精法の導入の年代とよく符合する。私が子どもの時分に母が無砂米ということばをよく口にしていたのを覚えていたので、この古新聞を話のきっかけにして、無砂米についてのあれこれを老母から聞き出してみた。無砂は濁らず「むすな」というのだと、まず訂正された。ここに述べることの多くも、そのときに仕入れた知識によっている。

私の生家が米屋という家業をまともに営んでいたのは祖父の代までで、この仕事が性に合わなかったらしい父は教員になっていた。それに、私が物心ついたころには世の中は戦争へとのめり込み、父の召集によって一家のあるじは不在となり、そのうえ統制経済下では、昔ながらの米屋がなり立つわけがなかった。それどころか、かつての米屋も、減少する一方の配給米では糊口をしのげず、母は近在の農村への買い出しに明け暮れていた。おとなたちがよく口にしていた「たけのこ生活」ということばの意味が、子どもの私にもよくのみ込めたのだった。

かつての米屋の家に私は小学三年生まで住んでいた。軒下にはぼうふらの湧いている防火用水が備えてあり、その脇には申しわけ程度の砂袋が積んであった。家に入ると、左隅には乗り手のいない、荷台付きのごつい自転車がいつも同じ格好で寄せ掛けてあり、その少し奥にたたきを剥（は）がして、一畳ほどの防空壕が掘ってあった。入口の右手は以前には精米場だったが、そのころにはガラス戸がいつも締め切ったままになっていた。すりガラスに顔を擦りつけて中をのぞいてみると、白い粉の積もった漏斗（じょうご）形の機械や電動機やベルトが見えた。しかし、この場所もしばらく後には間貸ししたので、機具類もすっかり取り払われてしまった。そこは若い姉妹の始めたにわか作りの洋裁店となり、手狭な所にミシンを並べてお針子さんたちが働いていた。

この生家は戦災によってなくなったが、それに伴い私の家族は米屋という商売とはまったく縁がなくなった。疎開してあったたんすに入っていて戦火を免れた屋号入りの小さなそろばんが、かろうじて昔の米屋の痕跡を留めるだけである。政府が経済統制を本格化し、米穀配給統制法を制定したのは昭和十四年（一九三九）であり、これはさらに米の供出制度や割当配給制度の実施へとつながっていく。

戦前には無砂米と水車米の両方が販売されていたそうで、水車米のほうは近在の農家が地元の水力で精白して町の米屋に卸したが、無砂米は町の米屋が玄米を仕入れて、機械で精白したものである。前述のように水車米は白土を加えてつくるので、精白後は無砂米より心持ち粒が小さくなったという。同じ質の米でも、白土の混じらない無砂米のほうがいくらか値は高かったそうだ。機械づきの別の利点は、当時奨励されていた五分づき、七分づきが自在にできたことである。顧客の注文に応して、少量の玄米でも胚芽を残すつき方をし、その際の五分づき、七分づきの程度は、精白しながら米を手に受けて、目で見て判断したという。

無砂米の糠（ぬか）は、あの懐かしい「糠袋」に用いたので、機械づきの糠であることを確かめて買っていくお客が多かったそうだ。糠は入浴と漬け物には欠かせないものだった。しかし糠は不消化物が多く、それだけを食べ物にするのは無理なようである。終戦直後に私は糠でつくった団子を食べたことがあるが、白米よりも滋養があるといい聞かされながらも、じゃりじゃりして口になじまなかった。私の食べたのは水車米の糠だったのかもしれない。

水車米に用いる白土についても私はちょっとし

た記憶がある。私たちの一家は近在の農家に知り合いがあり、被災後はそこを頼って疎開した。その農家の米つき場を改造した部屋に間借りしたのである。そこは人手不足で精米はやめていたが、水車だけは残っていた。水路を挟んで隣家にも米つき場があり、そこは水車をまだ動かしていた。その頃のことは別のところにも書いたが、子どもの私には杵が上下する仕掛けが珍しく、よく見に行ったものだった。この米つき場で用いる白土は村の裏山から掘り出されたが、その場所はえぐられて浅い洞穴になっていた。白土は精米のほかに食器洗いや真鍮（しんちゅう）製の仏具を磨くためにも利用したので、ふつう磨き砂と呼んでいた。私も時たま台所用にと頼まれると、野遊びの帰りにひとすくいの白土をもらってきた。

　こうしてみると、無砂米ということばは、明治半ばから先の大戦が始まる前後までの五十年足らずの間、日常語として用いられたことになる。戦後しばらくは、まだ農村に水車をよく見かけ、また白濁を念入りに除く米とぎの習慣が残っていたので、水車米も多少は出回っていたのだろうが、機械づきの米が一般化された結果、世間では両者をことばのうえで区別する必要がなくなっていったのである。

伊賀上野への旅

　伊賀上野へは二度行ったことがある。最初のときは終戦の翌年であり、二度目はそれからずっと後で、まだ近年のことである。

　二度目のときは父の病死のことを知人に伝えるのが目的だった。その日、列車は朝方に伊賀上野へ着いた。なぜそのような旅程になったのか思い出せない。九月半ばのころである。台風のなごりの強い風が早生の稲田から乳熟期に特有の生ぬるい香りを町なかにまで運んできていた。駅前の案内図で行き先の萬町を見当づけて、鉄道と交差している道をすすみ、適当なところで右へ折れた。逆の方角に、それも歩けばくたびれそうな距離に、白鳳城と呼ばれる城の天守閣が見えた。

その日に訪れることは電話で断ってあったが、あまりにも早く着きすぎた。町なかでもぶらぶら見物しながら時間をつぶせばよかったのだが、どういう心境だったのか、歩数でも数えるようにひたすら真っすぐに、むしろ急ぎ足で、私は知人の家に向かった。訪ねた家はいまから朝食にかかろうという時だった。これもどういうわけか、初対面でありながら遠慮しないほうが礼儀にかなっているかのように心得て、私も朝食の席に加わったのだった。

目の前にいるこの家の老主人はかつて父の戦友だったと聞いている。しわを刻んだ日焼けした顔のなかの二つのくぼみから柔らかな細い目が私に注がれている。見かけは亡父よりもいくらか年配に見える。私と同年くらいのその家の息子さんが奥から出てきた。伊賀上野は初めてですか、と問われたのをきっかけに、終戦の翌年に初めて伊賀上野を訪れたときのことを私はしぜんに思い返すことになった。

復員時に父が背嚢（はいのう）に入れて持ってきた書きもののなかに戦時名簿があり、所属部隊の移動の記録がごく簡素に記してあった。これによると父は敗戦後の拘留期間を経て昭和二十一年（一九四六）四月十六日に河南省の許昌を発ち、上海から出航して五月四日に紀伊の田辺に入港し、同日召集解除になっている。応召を見送られた町や自分の生家はもちちん空襲で焼けて跡形もなかったが、焼け跡でたまたま出遇った顔見知りの人に家族の疎開先をおしえられて、ようやく一家が合流したのだった。祖母、つまり父の母親が同年正月に病死していたものの、戦災のために一家で欠けた者はなく、父の復員もむしろ順調なほうであった。

その後の生活のことや祖母の納骨など早々にやらねばならないことがいろいろとあっただろうが、復員してきた父がまずしたことは、伊賀上野へ行くことだった。父にはその地の出身で最後まで行動をともにした戦友がいて、この人は復員を前に病気療養が必要になり、帰国が遅れることになった。遅れているのはこの人の身に特別のことが生じたわけではないので、体調が回復し次第まちがいなく帰国する、とただそのことを留守家族にじかに伝えるのがこの日帰りの旅の目的だった。そんなことを後になって私は聞かされた。もっとも家族連れ立っての旅だったので、幾年ぶりかの慰安も兼ねていたのだろう。その人は、父の話したとおり数か月遅れて無事帰国したという。

伊賀上野は戦火を免れた。戦災に遭っていない町並みを見るのは気持ちがよかった。当時の木造の伊賀上野駅はそれでもその周辺では最も大きな建物だった。駅の構内には雑草が線路を覆うように生えていた。私たち家族は改札を出るとすぐに駅前の外食券食堂に入ったが、なぜか断られて食事にありつけなかったのを記憶している。そして、そのまま上野城へ向かった。父は私たち家族を城へ案内しておいて、すぐさまとって返し、戦友の留守宅へ行ったようである。

すでに夏に入っていた。城に近づくにつれて急に風がさらさらと鳴りはじめ、なぜかほっとした気分になった。母は庭石をみつけて終始そこに腰掛けたままでいた。私と弟も遠くへ行かずに母の目の届くあたりで遊んいたようである。そこはそり返った天守閣の石垣の真下だった。短い時間に思われたが、そのうちに歩幅いっぱいの歩きっぷりで父は戻ってきた。大きな茶色の編上靴が私の間近にあった。私たちはそれからまっすぐに駅へ戻り、そのまま帰りの汽車に乗った。私の最初の伊賀上野への旅はこれがすべてである。

当時はうっかり多人数でよそ様の家を訪問できない時代だった。母方の実家を訪ねるときにも、母が自分たちの食料を持参していったことを、子どもながらに覚えている。私たちを伊賀上野まで伴い、戦火の跡のない城の公園でひとときを過させたことは、父にしてみれば精いっぱいの家族奉仕だったのだろう。私たち兄弟には父親の存在がまだめずらしい時期だった。それまでの焼け跡や疎開地での暮らしを思い返せば、こうした家族しての汽車の旅は夢のようだった。

その朝、伊賀上野は初めてですか、という問いに、私は子どものころに一度だけお城へ遊びに来たことがある、とだけ答えた。いとまの際にまたあらためて老夫婦してことばを補い合うようにして、三十年近いむかしのことの礼を述べられたが、父と私を混同されているようで、私は応えることばに困った。

帰路は名古屋へ向かう高速バスを利用することにした。息子さんがバス停まで見送ってくれた。父親たちは、たとえば行軍の合間に一服しながら、幼い子どもたちの写真を札入れから取り出して見せ合ったこともあったのかもしれない。と、そんな余計なことをバスの発車の間際に思った。この人は帰国後、再三私たちの所へも訪ねてくれたらしいが、私はあいにく会っていない。母の話では、この人はかなり後まで父のことを軍隊時の呼び方で呼んでいたそうである。

いわゆる戦友ということばは私には耳慣れては

いるものの、実感は伴わない。塹壕(ざんごう)社会主義ということばを本で知ったが、これもただことばを知っているだけのことである。たとえば父とこの戦友の間にも、私には分らない、また知らなくてもいっこうに構わないような、いろいろの出来事があったのだろう。母もこの父の戦友のことを、大切に思っていたようである。父の葬儀が一段落したあと、母はこの人を訪ねるように私を促した。いまも、季節の便りを出したかどうかいつも母は私に念をおす。私は毎度ありきたりの常套文で家族の無事を知らせる。先方からもこれまた毎年、判で押したような同じ文章の簡単な葉書が届く。これでよいと思う。ただ、この人はたいへんな達筆家である。こんな人が毛筆を持つ同じ手で、塹壕で泥んこになりながら銃を抱いていたとは想像しにくい。

その人は、意識のうえにのぼらせることはないだろうが、私などの及ばないところで、「相変わらず元気で暮らしている」ことの価値を体得しているはずである。ひと足早く帰国した者が復員の遅れた戦友の家族を見舞うことは、戦後の一時期にはごく普通のことだったのだろう。

金平糖

いつのころだったか、多くの人たちがそうであるように、私も金平糖のつくり方に興味を抱いたことがある。はじめは落雁(らくがん)の要領で小さな型に糖蜜を流し込んで固めるものだと早合点したが、すぐにそうではないと気づいた。型を使うにしては金平糖の形が均等ではないからだ。角(つの)つまり突起の数や大きさもそれぞれに違う。ひとつまみをまとめて見れば、どれもこれも同じようだが、じつは千差万別だ。そこのところが金平糖の面白さである。

金平糖のつくり方はそのうちに分かってきた。むかしは芥子(けし)の実やごま、粟、近ごろでは米粒大のざらめ糖を核にして、その回りに時間をかけて金平糖を成長させる。大釜のなかで熱しながら砂糖液(糖蜜)を少しずつ核種にかけていく。釜をゆっくりと回転させて乾かし、また砂糖液をかける。これを一、二週間繰り返すと金平糖に成長するそうだ。砂糖液に少量の小麦粉を加えれば、いくらか不透明な金平糖ができあがる。

それでは一個あたり二十近くある角はどうしてできるのだろう。ものの本には、核種に吸収された糖分が加熱されて周囲に吹き出し尖った角になるとあるが、これだけの説明では納得がいかない。芥子の実ではなくざらめ糖を核にすれば、これがさらに糖分を吸収するとは考えにくいからだ。さまざまな核種を使い、砂糖液の加え方を変えて実験してみれば、突起のできるわけがよく分かることだろう。最初から原理が分かっているわけではないので、金平糖は偶然にできあがったものに違いない。初めてこれをつくった人はどういう人物だったのだろうと思いを巡らす。

金平糖はポルトガル語由来だそうで、かすていら・かるめら・あるへい糖などと共に室町時代に南蛮菓子として渡来し、信長にも献上された記録もあるらしい。ふしぎな形を珍重され、わが国でも元禄時代になると長崎で盛んにつくられたという。

金平糖についての私の最も古い記憶は、父が召集解除になって帰ってきた折のお土産がそれだったことだろう。昭和十七年(一九四二)に父は二度目の兵役が終わり、朝鮮半島から帰ってきた。お土産の金平糖は白い粒々のなかにうす黄色やうす桃色が交じり、食べ物とは思えないふしぎな光彩を放っていた。星の形も現実離れした童話の世界のもののようだった。貴重な一粒を思いきって口のなかに放り込んでみる。なんという甘さ。近ごろこんなに甘いものを味わったことがない、これは特別の食べ物、と子どもながらに感動した。それ以外の記憶はほとんどない。五歳を過ぎた年ごろだった。終戦翌年の五月、三度目の召集のあと父が復員してきた折には、命からがら引き揚げてきたせいで、土産は金平糖もなにもなかった。背嚢（はいのう）を裁断して帽子と野球のミットをこしらえてくれたのが、土産がわりになった。

　妻の父もほぼ同時期に台湾から復員してきたが、聞いてみると、五歳だった妻の当時の記憶として残っているのは土産の金平糖だけだという。召集解除や復員によって幸いにも家族のもとに帰ってきた父や兄から、金平糖を土産にもらった子たちはおそらく数多く、それが父や兄と久々に再会した感動と相まって脳裏に焼きついていることだろう。

　池部良著『風の食いもの』（文春文庫）のなかに「お乳」という随筆がある。終戦の翌年に南方から復員してきた著者が両親の疎開先に行き着く話である。着いて数日後に著者は高熱と下痢に見舞われる。しばらく重湯をすすって耐えるが、お米がもったいないので、戦地で配給になった乾パンをお湯に漬けて食べることにする。そのうち疎開している家から栄養の足しにと昼と夕にコップ三分の一ほどのお乳をもらって飲むようになる。乳の出の良すぎるお嫁さんからのもらいものである。そしてお返しに、乾パンに入っている金平糖を少量ずつ差しあげる。乾パン一袋には金平糖が二十粒ほど入っていると書いてある。（余談になるが、この著者が復員時に上陸した港は和歌山県の田辺で、これは私の父が大陸から復員して下船した港と同じなので、ことさらに記述が印象に残った。田辺の土地はときたまテレビ映像を通して見るだけだが、「復員局出張所の小屋」などという記述が私の想像を逞しくした。ある会合で同郷の伊藤桂一氏と雑談しているとき、なんであのような交通の不便な土地に復員兵を降ろしたのだろうと話したところ、それは復員兵の都合ではなく、時々の占領米軍の都合でどこへでも降ろしたのだとのことだった。）

この「お乳」の文章を読みながら、私はあることに気がついた。ほとんど分かっていたのだが、しかとは気づかなかったことにはっきりと答えをもらったのだった。召集解除になって戦地から戻ってきたり、外地から復員してきた父や兄がお土産に持って帰った金平糖は乾パン袋に入っていたものだったのだ。乾パンは旧軍隊の非常食で、乾麺麭（かんめんぽう）と称したそうである。現在でも自衛隊の携帯糧食（通称ミリメシ）に、市販のものと形は異なるが乾パンが用いられ、重さにして十分の一ほどの金平糖が入っているそうだ。話に聞くと韓国軍の糧食にも金平糖付きの乾パンが採用されているらしい。

市販の乾パンには金平糖のかわりに氷砂糖のかけらが入っているものもあるし、乾パンだけのものもある。乾パンに付く糖分は唾液の分泌を促す効果があるらしい。私の住む地域の非常食として保存している食品の一つに乾パンがあり、期限が近づくと更新のために各家庭に配られる。これは缶詰になっていて、開けてみると氷砂糖が入っていた。しかし乾パン袋の付加価値はやはり金平糖である。金平糖は高温で固めてつくるので保存に適している。また一説によると、被災地などで開ける乾パン袋に金平糖が入っていると、その色合いと形、それに甘い味が心の緊張や疲れの軽減に役立つのだそうだ。金平糖の姿を見ていると、それが納得できる。これは戦地の兵士にとっても同じだったはずで、乾パン袋の底の金平糖に目をやって、家に残してきた幼い子供たちについ思いを馳せたことだろう。

ここまでヒントを与えられながら、長年私のなかで父の戦地からのお土産の金平糖と乾パンとが結びつかなかったのは、まったく頭の固いことだった。「お乳」の一文でそれが忽然と結びついた。一食の乾パンに金平糖が十数粒も入っていれば、帰国する一か月も前から金平糖だけを食べずに残すことでたぶん結構な分量になり、家で待つ子どもたちへのこの上ないお土産になったのだ。

「壁のおもて」

この文章は、四十年前にある詩誌に書いた短文をもとにして書き始めている。その短文には、学生のころ昭和三十四年（一九五九）に下宿を移った折に偶然出てきた「少国民の友」という雑誌に載っている「壁のおもて」という詩のことが記してある。いまもその雑誌は手元にある。私はむかしのこと、とくに戦争直後の生活のことをよく覚えていると、ときおり家族の者にいわれるが、これは思い出したことを覚え書きしたり、頭のなかで反芻（はんすう）しているからで、けっして記憶がよいからではない。この「壁のおもて」もそのような文のひとつである。

小学館発行の「少国民の友」は二年分ほどはあったはずだが、大掃除や引っ越しの折に整理されて、いまは一冊だけ残っている。昭和二十二年

（一九四七）六・七月号とあるから、当時私は小学五年生だった。雑誌名から察すると、戦前から出ていた雑誌が戦後に再発行されたのだろう。

　この雑誌の置いてあった街の本屋はとても本屋とは縁遠いたたずまいで、焼け跡のにわか作りの小屋のような建物だった。店先の一間ほどの土間に戸板がやや斜めに置いてあり、そこに雑多な新刊雑誌が並べてあった。雑誌はせいぜい十種類程度だっただろう。他に日用雑貨も一緒に売っていた。私は前を通るとかならずそこをのぞき、新しい号を親に買ってもらうのがなによりもうれしかった。しばらくして国民学校はもとの小学校に戻り、少国民もただの小学生になったので、「少国民の友」は名を変えて「中学生の友」に引き継がれたのではなかったか。うまい具合に、私は新制中学に入るとそのまま「中学生の友」を購読した。

　特価金十円の「少国民の友」昭和二十二年六・七月号には、ざら紙の表紙にクレオン画のような黄色っぽくくすんだ色で七夕祭が描いてあり、裏表紙にはようやく印刷にのったマリー・ローランサンの「少女の像」がある。中味は五十ページ。のちにこの一冊だけが手元に残ったのは、これに載っているヘミングウェイの物語とか、「日本が払うばいしょう」という解説などとともに、次のような北川冬彦の一篇の詩があったからである。

壁のおもて

このごろの少年少女は
じっと
壁を見つめたりすることがあるだろうか
壁のおもてに
自分の心のすがたや
自分の周囲のことどもを

写し出して見すますことがあるだろうか
今の家庭には
そんな静かな壁はないというかもしれない
それはそうだろう
しかし　壁は
何も家庭の壁とかぎったことはない
そのような壁は
都会のどぶみぞにだって
街や野原の上の　空にだってあるのだ
そのような壁は
心がけ次第でどこにだって見つけることが
　できるのだ
そのような壁こそ
これからの少年少女には
　なくてはならないものだと私は思う
そのような壁こそは
これからの少年少女をきたえあげ
　ひかりをそそぎかけるものだと思う

　この詩の下には鉛筆画で、部屋の隅に半ズボンの脚を両手で抱えて腰をおろしている少年が描いてある。少年は荒く描（か）きなぐられた影を見つめている。もちろん、そのころの私には詩への関心は痕跡ほどもなかった。のちにいくらかおとなになってから、別のところで北川冬彦の名を知り、戦前からのこの詩人の足跡をいくらか知ることになった。しかし、「壁のおもて」という少年詩はこの詩人の作品群のいずれにも属さないものだった。そして私は、終戦後二年、私たち少年に与えるため待機していたこの詩の出所を思い巡らし、他の多くの少年向けの詩はいざ知らず、この「壁のおもて」という詩が相当な真剣さをもって作られたことを実感した。

　昭和二十二年という時点でのざら紙五十ページ

特価十円の「少国民の友」が、当時の日本のおとなたちが敗戦国の少年に示した掛け値のない姿であったとすれば、「壁のおもて」は飾りないその心だったといえるだろう。

　詩人仲間に読まれることを意図せず作られた詩は、表現に不満や妥協がつきまとうだろうが、ときにはその詩に偶然接した者を思わぬ方向に引き込むことがある。「壁のおもて」はそのような詩がもつ率直で親身な力強さを宿している。少なくとも私は、この詩を読んだことをおとなになるまで記憶に留めさせられたのだった。

隠れぎっちょの言い分

　なにか運動はしたいけれど、いまさらとんだり跳ねたりはもう無理と思案していたところ、遠からぬところに洋弓場のあることをおしえられた。そこには近くの体育大の部員が交替で指導に来ているらしい。それならばと早速出かけてみた。まず初心者用の竹製の弓を借り、教えられるままに構えてみた途端に、指導員に左利きを直すようにいわれてしまった。最初から右利きで慣らしてしまいなさいとおっしゃる。「左利き用の道具は二、三割方高くつきますよ」と納得のいく理由を聞かされて、私は先生の指示にしたがった。私は自分が潜在的に左利きであることを改めて気づかせられた。

　幼児のころには私は明らかな左利きだった。さすがに箸（はし）や毛筆などの筆記具は最初から否応なしに右手で持たされたが、それ以外はおおかた左手を使っていたようだ。それが、学校に入るしばらく前に、かなり厳しく右利きに直された記憶が残っている。入学を前に親もあわてて矯正に取りかかったとみえる。「兵隊さんになったら、ぎっちょでは鉄砲を撃たせてもらえないよ」というのが殺し文句だった。そして国民学校に入るころには私の左利きはおおむね潜行してしまった。

こうして左手に遠慮させて体を慣らし、そのままおとなになった。しかし先の洋弓のようになにか初めてのことをするときに、ふと左利きの癖が出てしまう。変わったところでは、本のページを繰るという細かな動きは左手が得手であり、縦書き本よりも横書きの本のほうが扱いやすい。ねじ回しも左手のほうが力が出る。生来の左利きと練習による右利きがともに現れて、左右どちらでも使える利点もある。子どもの時分、自転車は右乗りで練習したが、乗れるようになると、左乗りでも同じように乗れた。

先の戦争が終わるまでは左利きはとにかく見苦しいと見るのが世間の常識だった。とくに左手で文字を書くなどは言語道断、女子が左手で箸をつかえば正気の沙汰ではなかった。しかし戦後は子どもの左利きの矯正は必ずしも親の義務ではなくなった。近ごろでは左利きを自然のままにしておく傾向はますます普通のものになってきている。左利きの若い人たちは運動のときだけではなく、箸も左手で持ち、文字も左手で書く。右手使いになったのは、せいぜい小学校の習字の時間ぐらいだろう。私などの子ども時分には、こうした自然のままの左利きはまず見かけなかった。

私たちは生まれながらに、また生まれ出たときの環境に応じて、個人の意志ではどうにもならない不平等さをいくつか負わされてきているが、利き手の違いはその不平等の最も分かりやすい例だろう。かつて人は二本足で立ち上って両手が使えるようになったとき、まず左手を心臓の守りに用い、残った右手で武器を取って相手に立ち向かった。これが他動物にはみられない人の右利きの原形であるという。このことが遺伝する形質として残ったのかどうかは確かでないが、あらゆる時代あらゆる民族をつうじて右利きが圧倒的に多数を占めてきたことは、昔から残る兵器や道具の形、ものの描き方、彫り方をもとに示されている。だいいち、どのような社会をとってみても、文字が右利きに合うようにつくられていることが、それを端的に表している。

こうして文字をはじめとして、あらゆる生活の道具が多数派である右利き用に用意されているなかで、程度の差こそあれ、左利きの人々はこれらお仕着せの道具になんとか自分を適応させてきたことになる。文字や道具の使用は体の動きを伴うものだが、これら以外にも形に表れない嗜好(しこう)や情操の面でも左右の好みの差が必ずやあるはずで、左利きはおおむね社会全体の傾向に合わせて、自分の個性を抑えていることが多いのではないかと想像する。一例をあげれば、向かい合った二人がテレビ画面に映し出されるとき、見るほうでは一般に向かって左側の人を主、右側の人を客としてみる傾向が強いらしく、演出者は画像構成上これを考慮するという。しかし主客の関係を逆に受け取る視聴者も少数派として存在することは否めない。

話に聞くと、子どもの利き手を無理に直すとかえって反抗心や心の傷を引き起し、脳の言語中枢を乱すこともあるらしい。大戦後の米国ではこうした見方を入れて、左利きをそのままに育てる向きが一般化してきたそうだが、たぶんわが国の親たちもこれに見倣うことが多くなったのだろう。

ところがテレビで「コンバット」などの戦闘場面を観ていると、十人に一人ほどは左利きの兵隊がいて、かれらは左手で引き金を引いている。米軍では第二次大戦以前の昔から左利きを認めていたようだ。それだけ柔軟だったのだ。「兵隊さんになったら、ぎっちょでは鉄砲を撃たせてもらえない」という殺し文句は帝国陸軍の規律の厳しさを示している。儀礼や整列のときは全員右利きに倣っても、実戦では左右得意の持ち方を選ばせてもよかったのではないか。近ごろでは小銃も改良されて、使用者の使い勝手に応じて左右どちらにでも設定できるようになっているらしい。たとえば発射後の薬莢は左右や真ん中のいずれかに排出できる。また、遮蔽物が左にあれば左手で引き金を引くほうが有利だが、これらに対応するために左右どちらでも撃てるように訓練しているという話もある。いまの自衛隊がどうしているかは確かめていない。

左利きはそのまま育てるのがよいのか、それとも私がそうであったように、幼少のうちに右利きに直しておいたほうがよいのかの判断は現在でも容易ではなく、いつも議論の分かれるところと聞いている。一般に左利き用の道具類は完備されているわけはなく、購入しようとすれば、先の洋弓の例のように価格がどうしても高くなる。これも左右を選ぶときのだいじな要素になりそうだ。

伯母の心残り

二〇〇五年四月下旬の新聞は四日市市生まれの作家丹羽文雄の他界を報じていた。享年百歳だった。この作家のことはときおり伯母から話を聞いていたせいもあり、私は長年関心を抱いていた。伯母は文雄と同郷、同年生まれで、学年は一つ下だった。まさか直接口を利いたことはなかっただろうが、当時は市内に中学校と女学校は一校ずつしかなく、男女七歳にして席を同じうせずの時代だからなおさらのこと、両校の生徒は互いに意識するところが少なくなかったようだ。著名作家になった文雄の小説が評判になると、中学生のころはなかなか見映えのする子だったなどと、伯母が話すこともあった。伯母の嫁ぎ先は文雄の生家の寺に近かった。東京から戻ってからの文雄は小説ばかり書いていてお寺の勤めに熱心でなく、檀家の評判はよくなかった、などという話も老いた伯母から聞いた。

　そんなわけで、文雄の記事を読んで、二十年近く前に亡くなった伯母のことをつい連想してしまった。他人様（ひとさま）にかかわりのない身内のことを書くのは気が引けるが、伯母のことでは最晩年の病床での一言を思い返したので、ここに少々記しておきたくなった。

　伯母は初めの結婚で子どもは産まれたが赤ん坊のうちに死に、年を経ず出戻ってきたという。そして再婚した。嫁ぎ先は男女二人ずつの子ども、それに夫の両親がいて、大所帯だった。この再婚先で悠々五十年を過した。伯母は根っからの楽天的な性格で、他人のことばは必ずよいほうに受けとり、ことの成りゆきに逆らわない。周りの者がうらやむこの性格を表す話の一つとして思い出すのは、空襲の夜の行動である。

　伯母の家は戦時には町内の自治会の世話役をしていた。家業は汽缶を製造する鉄工所だったが、当時は弾薬入れなどをつくる軍需工場になっていた。それだけに滅私奉公の気持ちが強かったのだろう。空襲を受けた夜には夫婦して町内に留まり、避難者の誘導や消火に努めた。その夜は結局、混乱のなかで夫と離れてしまい、気づくと独りになっていた。周りを火に囲まれて市外へ逃れる道を絶たれてしまったので、町内の映画館の裏手に家屋に囲まれた田地を見つけ、その真ん中にうずくまって町が焼け落ちるのを眺めながら夜を明かし、無傷で生き延びたのだった。あとで伯母はこのときのことを、日常の暮らしのひとこまを話すように語った。焼け跡でバリカン片手に私の頭を丸刈りにしていた折、ジープで通りかかった米兵に大声で話しかけられたことは「バラック」という詩に書いた。

丹羽文雄死去の報道からさらに二十年近く溯った時期の話になる。八十過ぎの伯母が吐血した。胃を全部切り取り、治療中という。それで週末を待って見舞いに行った。その折、病床の伯母が、今もってちょっと心残りのことがあるんだが、と私にぽつりと漏らしたのは私の大叔父の一家のことだった。大叔父——伯母からみれば叔父ということになるが——の一家は長く横浜に住んでいて、米問屋を営んでいたらしい。その名は墓石に刻まれているので、私もよく知っている。

大正十二年（一九二三）九月一日の関東大震災は相模湾の北西部を震源にしていて、横浜の被害も大きく、地震後の火災の発生がそれに追い打ちをかけた。鉄道が復旧するのを待って、十八歳の伯母は家族の願いを一身に背負い、四日市から横浜まで親戚の安否を確かめに出かけた。震災の数年前に祖父とその弟はともに亡くなっていたので、双方が女所帯になっていた。それだけに親戚への心づかいも一段と強かったのだろう。四日市のほうは祖母とまだ十代半ばだった父（伯母からみれば母と弟）の三人家族、横浜のほうは未亡人と子ども三人の家族だったそうだ。横浜に出た伯母は住居の焼け跡を中心に親戚の消息を尋ね歩いたが、結局なんの手がかりも得られなかった。あきらめ切れずにその後も数度横浜に出向き、親戚一家の消息を捜し求めたものの、結果は同じことだった。便りのないところをみると、横浜の一家は親子ともに震災の犠牲になったとしか考えられない。日を経るにつれ、そのように納得するほかはなかったという。

犠牲になったという証拠でも見せられれば、それはそれで気持ちを鎮めることもできただろうが、なんの手掛かりもないまま、一家四人の犠牲を納得するのはとても難しいことだった。個人でできる限りの精一杯の捜索をしたつもりだったが、もっと徹底すべきだった。それが今もって心残りだと伯母は私に語った。私の知る伯母の後半生は傍目にも仕合わせそうだったが、心の隅には絶えず二十歳前の出来事が消えずに残っていたのだ。あの楽天人の伯母にしてそうだったのかと、しばしの感慨を覚えた。

終戦前後の農家の暮らし

自作のわらぞうりを履いた

戦争末期から終戦直後にかけて身を寄せていた疎開先の農家で、私は二年ほど農家の暮らしになじんだ。小学三、四年生のころである。場所は伊勢湾に面した四日市から当時の軽便鉄道で四駅西に入った、鈴鹿山脈の山裾のあたりだった。自宅も学校も焼失し、勉学というものをすっかり忘れて農家の子どもになりきり、おとなにくっついて日々の農作業を手伝っていた。その後もしばしば農繁期には、猫の手よりは増しだと田畑に出た。もっとも自分では手伝っていたつもりだが、農家の人たちから見れば、大いに足手まといだったことだろう。ここでの農作業は強いられたものではなく、半ば私じしん気が向いてそうしていたのである。いまでも「農」の語感はなかなかに私には快い。後年、自分が植物を専攻し、それに関連した生業を選んだ下地も、この時期の暮らしを通じて形づくられたかもしれない。

　そんなわけで、身で覚えた年間を通じての農家の暮らしは私には得がたい体験となった。その後おとなになって都市周辺で生活しながら田畑での農作業を目にしても、もうそろそろ穂ばらみの時期だとか、いまからなにを作付けしようとしているのか、といった様子がしぜんに分かるようになった。もっとも農家出の人たちにとっては、以下の話の大半は当たり前すぎるかもしれない。しかし戦争末期から昭和二十年代前半あたりまでの農家の暮らしは、それ以後に比べると映像としてもあまり残っていないし、体験者も数少なくなってきているようだ。疎開の少年が体験した農家の暮らしの記憶をここに記しておくのも無駄ではないだろう。

　日本がまだ農業国だった当時の年間を通じての農家の仕事の中心はやはり稲作だった。土地によって異なるが、ふつう、これに裏作の小麦・大麦・油菜の栽培が加わる。畑地でのさつま芋・じゃが芋・里芋といった米不足を補う芋類、大根・ごぼう・にんじんなどの根菜類、ねぎ・玉ねぎ・菜っ葉の類、畑地の隙間を利用してのかぼちゃ・きゅうり・なすび・とうもろこし・トマト、焼き畑のそば、畔（あぜ）道に植える枝豆なども忘れずに並行して栽培し、時節ごとに農地をきめ細かく余す所なく利用していた。これらの作物の栽培には必ず数回の草取りが付随する。炎天下の雑草取りほどつらくて面白みのない作業はなかった。

　私の住んでいた農家では、山裾の斜面にある孟宗竹の林の手入れや自家用の梅の実を採る数本の梅・小梅の木の世話もだいじな仕事だった。このほかに一反（約一〇アール）ほどの桑畑があった。採算の合わない養蚕は戦前にやめてしまっていたので、桑の根っこだけが数十本整列して残っていた。それを暇をみつけては掘り出し、あとを畑地にする仕事もあった。どの桑の木も深く広く根を張っていて、一株を掘り出すにも思いのほか時間と労力がかかった。掘り出した根っこは細かく切って薪(たきぎ)にした。

　日暮れまで田畑で働いて自宅に戻り、夕食を済ませると、おとなたちには夜なべ仕事があった。特別の娯楽があるわけではないので、床に就くまでに時間が十分ある。ただ雑談して過ごすかわりに、夜なべ仕事をしながら雑談するのである。鎌などの農具を砥石で手入れする。屋外の井戸から五右衛門風呂に水を運び入れ、廃材やわら屑を燃やして沸かす。広い土間では薪を割る。稲わらを木槌で叩いて柔らかくし、目的に応じたさまざまな太さの縄をなう。その縄をもとにして、わらぞうりなどを編み、ときには米俵や筵(むしろ)を作った。私も見よう見まねで自分のわらぞうりを自作するようになった。左右を同じ大きさに整えるのが難しかったが、自作のわらぞうりを履くのがうれしかった。私の右利きは「学校に上がる」前に矯正されたものだったので、初めて縄をなったときには左綯(な)いになった。これを見たその家の老人が「葬式のときの縄綯いはお前に頼もうかいのう」といった。この土地では棺桶を火葬場まで担ぐときの縄は左綯い（左縄）にしたのである。

　その農家の老人はなかなか器用な人で、稲わらを材料にして種々の細工をした。それを横で眺めて私もまねた。二筋のわらで粗めに縄を綯い、これにもう一筋のわらを足してもう一度綯う。そうすると三筋編みの縄ができた。それをなにに用いるという目的はなかったが、表面が滑らかに見えた。これにぼろ布を裂いて編み入れると、見た目のよい丈夫な細縄ができあがった。小さな女の子のぞうりには赤い布を編み込んだ。老人はわらぞうりのほかにわらじもつくり、大八車を曳くときなどにはぞうりをわらじに履き替えた。このわらじの編み方はなかなかに複雑で、私にはまねできなかった。子どもの私がわらじを履くこともなかった。「供出米」を入れる米俵も老人は規格通りにみごとに仕上げた。

蛭が血を吸う田植え

農家の主要な作物である稲の栽培にはじつにさまざまな作業段階があった。まず春の終わりまでは裏作の麦類などを作っているので、麦類を刈り取ったあと、大急ぎで土を均さなければならない。備中鍬で畝を崩し平らにする。備中鍬とは先が三ないし四本の爪に分かれた鍬で、三本鍬、四本鍬ともいう。単に「備中」と呼べば四本鍬を指した。この「田起こし」では刈ったあとの麦の根株を土の下に埋め込んでいかなければならない。れんげを一面に植えて半年休ませていた田も少なくなかった。マメ科のれんげは根に付いた根粒菌で窒素を固定するので、稲の生育にはよい肥料となる。時代が下るにつれてれんげ畑は少なくなってきたが、それは化学肥料が出回ってきたせいだと聞いた。れんげ畑も上下をひっくり返して田起こしをし、均す。ついで水を引き入れて土くれを備中鍬で細かくする。さらに念入りに均して水深を一定にする。これには下部に太い釘ほどの鉄の棒が柵状に付いた細長い木板を、縄を付けて引き回す。きめ細かく手足でも土塊を砕いていく。これが終わると、水を張った田は鏡のようになる。

この間に田の一角に設えた苗代に種籾を播いて苗を育てておく。このあたりの農作業はとくに綿密に日程を組んでおかなければならない。天を仰いで降雨を期待するのもこの時期である。田均しには牛を借りてくることもできたが、牛の借り賃は値が張るので、できれば人手に頼った。

田植え日は天候と手伝いの人たちの都合を勘案して、「高島暦」をめくり慎重に決める。田植え日から日数を遡(さかのぼ)って苗代づくりをする。だいじに保存してあった種籾を塩水に浸して、浮いてくる籾をすくって除き、沈む籾だけを数日水に漬けてから苗代に播く。田植え日には早苗(さなえ)は適度の大きさに育っている。前日に「苗取り」をし、稲わらで片手に持てるほどの束にしておく。田植えは早朝から始まる。あらかじめ頼んでおいた本家分家、近縁遠縁の人たちも手伝いに集まってくる。二、三十代の若い男子は「兵隊にとられて」ほとんどいないので、手伝いの人は女手と年寄りばかりである。学校通いの子どもがいれば、この日は学校公認の休暇がもらえた。

まず前日に準備しておいた早苗の束を、適当な間をおいて田のなかに投げ入れておく。〈早苗束投げしところに起直り　杉田久女〉は実際をよく知っている人の句だと感心する。束を思い切りよく投げ入れると、重い根のほうが下になって落ちる。

早苗束を投げ入れている間に、別の人たちは田の長辺の両側の水面近くに細長い麻縄を張る。この縦縄には植える苗の間隔を示す赤い布(きれ)を結びつけてある。数人が泥田に横並びに入って田植えが始まる。両側の麻縄の赤い布に合わせて短いほうの横縄を張る。この横縄にも赤い布を付けてあるので、その印に合わせて三、四本ずつの苗を泥に突っ込んでいく。一列目が終わると両端にいる人が麻縄をずらし、全員が後じさりする。田の形が曲がっていて赤い印を使えない所には、両端の慣れた人が適宜にそして手早く苗を植えていく。両隣と賑やかに話しながら作業を進めると、一反の田植えは思ったよりも早く終わる。地方によっては田植え歌を唄いながら作業を進めるというが、その雰囲気がよく分かる。一枚の田が終わると「小昼」などをとって一休みし、次の田にかかる。畔道に腰を下ろしていま植えたばかりの田を眺めると、早苗は水面に斜めに倒れかかっているようで、頼りない。しかし、数日すると真直ぐに立ち上がってくる。

稲作のなかで田植えだけは子どももおとなの仲間入りができる作業だった。作業がおくれると、両隣の人が手助けしてくれる。中腰の作業ではたぶん子どものほうが疲れが少ない。わらぞうりを履いて田植えをするようにいうこともあるが、ぞうりは二歩目には脱げてしまい、肥やしになってしまうだろう。誰もが裸足だった。おとなは手足を股引(ももひき)きや脚絆(きゃはん)で被うが、手首足首の先は露出している。慣れないころにおどろかされたのは蛭だった。

一枚の田を終えて畔道にあがると、かならず二、三匹の蛭が足首のあたりに吸いついている。血を吸って太短く丸まっている。これを手で引っぱったり棒切れでこそぎ取ったりすると、吸い口から血が出て泥まみれの足のうえを流れる。この出血は切り傷などと違って、ほうっておいても構わないそうだ。じじつ、しばらくするとしぜんに血は止まり、痛みも感じない。はぎ取った蛭は水のない草原に放り投げてやる。年寄りのなかには、凝った肩に蛭をわざわざ吸い付かせて、巡りのわるい血を吸い出す人もいると、そのとき聞いた。町なかでは蛭を使った鬱血(うっけつ)の吸い出しを仕事にしている人もいるそうだ。

そんなわけで田植えの日だけは私も飽きずに一日付き合った。田植えを経験すると、子どもながらに一枚の田を見るだけで、一反であるとか半反少々であるとかの面積がそれとなく推定できるようになった。私のいた農家の田んぼは数反ほどだったので、日暮れまでに田植えはすべて終わった。おとなたちは一日骨休めをして、こんどは別の縁戚の田植えを手伝いに行く番である。

農作業の合間の田螺(たにし)採り

気温が上がり、田の水が湯のように温かくなってくると、稲の苗は上に伸びるだけでなく、「分蘖(ぶんけつ)」して目立って株も太くなってくる。分蘖は稲や麦の幼茎が根元近くで枝分かれすることをいい、増収には欠かせない。それだけ成長するからには、さまざまな肥料を時期を選んで田に入れていたはずだが、子どもの私にはさすがに施肥についての記憶はあまりない。田畑が酸性になるのを嫌ってなにかと白い石灰の粉を撒いていた。

硫安、硫酸カリなどの化学肥料は昭和初めから需要が高まったと聞くが、まさか戦争末期から終戦直後にかけてこれらを入手できたとは考えられない。大豆菜種粕(かす)、魚肥、骨粉でさえも使用は難しかっただろう。魚肥といえば、戦前に大漁時のいわしやにしんを油を絞ったあと乾燥して肥料にした話を聞かされたが、これが戦後ならばまず人間の栄養になっていただろう。

実際には肥料が不足したので、古畳や裏山の落ち葉も堆肥にし、また田畑に埋め込んだ。田の一角には上面と三方を稲わらで囲った「肥だめ」が作ってあった。ここで下肥を腐らせるのである。農作業中に便意を催してくると、大小便ともにこの肥だめにした。ここで数か月も腐らせた下肥は上等の肥料になる。下肥は桶に移し、麦や野菜畑に運んで柄杓(ひしゃく)で畝に撒き、堆肥にも振りかけた。しかし水田に下肥を撒くのを見た覚えはない。

水田から田螺を採って味噌煮にして食べることもあった。田螺はいったん丸ごと茹で、殻から筋肉だけを採って水洗いし、味噌煮にしたり味噌汁に入れた。貝類だけに歯応えがあり味がよかった。食後の貝殻類は家の前の砂利道に捨てる習慣があったので、夏になると道端のあちらこちらに砕けた田螺の殻を見かけたものだ。

苗が大きくなるにつれて田んぼの雑草もはびこってくる。田植えのあとの「田の草取り」はふつう一番草から三番草まで三度行った。田植えに比べると、こちらははるかに重労働で孤独な作業だった。多人数での田植えと違って、田の草取りには一、二人が田に入る。とくに日取りを決める必要もないので、日数をかけて念入りに行う。手の大きさほどの熊手で苗の周囲の雑草を根こそぎ掻き取り丸めていく。丸めた雑草は泥のなかに深く埋めると、これも肥料になる。とくに一番草では丁寧に稲株の周りに手や熊手を回して分蘖を促す。足で後ろの苗を踏んづけてはいけない。腰にはわらで束ねた「余り苗」をぶら下げていて、育ちの遅い株やか細い株に苗を植え足していく。田の草取りは経験が要り、子どもにできる仕事ではなかった。また、田植えのように、終わったからといって皆でご馳走を食べて慰労するわけではなかった。「田の草休み」ということばがあったからには、翌日は田畑に出ないで骨休めしたのだろう。

夏の終わりが近づき稲穂が重みを増してくると、田から水を抜く。この時期にイナゴが急に数をふやしてくる。ニカメイチュウの幼虫のズイムシやウンカ、ツマグロヨコバイのような害虫も盛んに飛び交う。日がかげると誘蛾灯があちらこちらに橙色の明かりをつける。まだ農薬を散布する時代にはなっていなかった。

実った稲は、葉の緑色が抜ける程度にまで田で水分を抜く。田植えの日と同じように、稲刈りの日には縁戚の人たちが手伝いに集まってくる。この日も子どもは学校をおおっぴらに休める。数人の人が稲田に入るが、田植えのように一斉に作業しなくてもよい。稲刈りには、草刈り鎌と違って鋸刃（のこぎりば）のついた鎌を用いる。これで一気に一株を切り取り、片手に持ち切れなくなると、稲わらで手際よく束ねて、その場に置いていく。この束ね方にもいくらかのこつが要った。稲わらはあらかじめ木槌で叩いて柔らかくし、腰の後ろに横向きに結びつけておく。

田から集めた稲束はその場で脱穀することもあるが、竹竿を渡した稲架（はさ）に挟みかけたり田にじかに立てかけて乾燥させる。すると脱穀が楽になる。脱穀にはまず筵を数枚敷き、その上で足踏み脱穀機を回した。これは子どもにも操作でき、面白い作業だった。脱穀は稲作の最終段階なので、気持ちにも張りがある。足踏み脱穀機はいま思い返しても、たいへんよくできた発明で、現在でも実際に使っている所があるようだ。足踏みミシンと同じ理屈で、手前の足踏み台を上下に踏むと本体の円筒が回転する。円筒にたくさんの「く」の字形の金具が付いていて、これに稲穂をあてがい脱穀する。あとで述べる農小屋には脱穀機以前に使った「千歯こき」も置いてあった。千歯こきは鉄製で、櫛を大きくしたような歯の間に稲穂の一束を差し込み、手前に引いて籾をはずした。足踏み脱穀機の能率の良さは千歯こきとは比べものにならない。

脱穀後の稲わらは独特の方法で田に積み重ね、乾燥させて一年間の種々の用途に利用する。最後には落ち穂拾いも忘れなかったが、まとめるとおどろくほどの落ち穂が集まった。乾燥した稲束から脱穀しただけの籾は、わら屑を大まかに風や手で除き、大きな差し渡しの篩にかけて叺などにつめる。叺はリヤカーや大八車に積み込み屋敷に運ぶ。こうして日が落ちて暗くなる直前まで仕事をした。帰り道はすっかり暗くなっていた。

新米と村祭り

家に運んだ籾はまず唐箕を使って精選する。唐箕は木製で、上部にある四角な漏斗状の部分に籾を入れ、籾が適量ずつ落ちるように調整してから羽根車を手回しする。すると、細かなわら屑などが吹き分けられて、手前の口から籾だけが出てくる。選別された籾は筵のうえに拡げて天日でもう一度十分に乾かす。次の工程は籾摺りだが、私は手回しの旧式の籾摺機を使っているのを見た記憶がない。供出米などまとめて多量に玄米にする必要があったので、おそらく村の精米所に頼んで電動式の籾摺機で玄米にしていたのだろう。電動式の籾摺機では玄米と粃と籾殻が選別されて出てくるが、先に述べた人力の唐箕を使っても、これらを選り分けられる。このうち粃は別にしておき、精米の際に割れた米粒と一緒にして米粉にし、団子などの材料にした。また後述のように、たがね餅をつくるときに粃を餅米に混ぜて蒸かした。

供出米として出荷して残った籾はそのまま納屋に蓄えておき、当座の分だけをその時々精米した。籾のままのほうが米の味を保てるからである。私が世話になった農家は戦前には水車を動力にした精米所を兼ねていたので、まだ当時は大きな水車が動かないまま水流のなかに残っていた。この水車のことは以前に別のところで書いた。

供出米を入れる米俵は規格が厳しく決められていたようだ。一俵は米四斗と一つ覚えにおぼえていたが、実際には容量ではなく目方で、玄米六〇キログラムと定められていた。供出米を出す日には地区の役場から村に数人の職員が出張してきて、周辺が人だかりする。こんな日には幾人かの子どもたちも供出米を積んだ大八車に付いてきて見物する。大きくて頑丈な台秤(だいばかり)に米俵を載せると、役場の職員が目方を確認する。次に「米刺し」を俵に差し入れて少量の米を抜き取り、四角な皿に移して米の品質を調べる。調べた後、皿の米は別に用意した容器に入れる。容器に貯まった米はどうするのだろうと、ことさらに米の貴重な時代だったせいか、気になったものだ。

　収穫が終わった直後に、一家で新米を少量だけ脱穀精米して炊き、味わう。（脱穀には脱穀機で穂から穀粒を取り離す意味と、その穀粒から籾摺機で殻を除き玄米にする意味とがあるが、ここでは後者。）この時ばかりは麦や芋を混ぜない白米でいただく。炊きあがったご飯はほんのり緑色をし、独特の芳ばしさがあった。

　秋も半ばを過ぎて大方の農家で稲の取り入れが終わる時期になると、恒例の村祭りがある。この日も小学校は休みになる。村の角に神社名を記した高い幟(のぼり)が立つ。穴を空けた御影石が道路脇に埋め込んであり、これに幟を差し込むのである。その先の登り坂をしばらく行くと、また幟があらわれ、石造りの小振りの鳥居をくぐると参道は杉木立のなかに入る。突き当たりに神社があり、その前で獅子舞いを奉納する。日ごろ閉まっている神社の引き戸が開け放たれ、畳のうえには幾本かの清酒が供えてある。疎開者は行事に加わることはなかったが、笛や小太鼓の音を聞き獅子舞いなどを珍しげに眺めるだけで、浮き立つ気分になった。つい先ごろ自分の家が空襲で焼かれ、同じ町に住んでいた友人や隣人と否応なしに生き別れた境遇をいっとき忘れるようだった。多くの犠牲者を出して戦争に負けたばかりだというのに、村の日常生活や年中行事は戦中と戦後のけじめもなく引き継がれている。農家の生活は世事ではなく季節の移り変わりこそが頼りなのである。思ってみれば、自分の生活ぶりや心持ちも八月十五日の終戦日のあとさきで大して変わっていないようだった。自分の環境が急変したのは、やはりそれに先立つ六月十八日の被災の日だった。

　祭りの日にはどこの農家でも混ぜご飯を炊き、あんこ入りの団子を作った。薄い醤油味をつけた混ぜご飯よりも、私には真っ白なただのご飯のほうがはるかにご馳走に思えた。団子のほうは柏餅に似ていて、柏の葉のかわりに二枚の「がんたちいばら」の硬い葉に挟んで蒸す。団子を口に入れると葉っぱのよい香りがした。この植物は「さるとりいばら」ともいい、神社の周辺にいくらでも自生していた。当時は煙草の配給が途切れがちだったので、多くのおとなたちがこの葉を乾燥させて刻み、煙管(きせる)に詰めて吸っていた。

　ついでながら、この地方では冬場に餅つきを二度おこなった。一度は正月用の餅を年末につく。このほかに旧正月近くにもう一度餅つきをする。あとのほうは、その場できな粉や大根おろしをまぶして味わうが、大方はかき餅をつくる。このとき、ふつうの餅のほかに、精米のときに割れた米粒や粃を餅米に混ぜて蒸かした。こうしてできる餅を「たがね餅」といい、粘りが少ないので年寄りには食べやすかったようだ。これをさらに薄切りにして干した「たがねのかき餅」は歯応えがあって芳ばしかった。それにしても終戦の前後というのに、この村では穀類にはいくらか余裕があったわけで、私も多少はその恩恵に浴していたことになる。

農小屋までさらに逃げた

稲作の最後の仕事がまだ残っていた。稲刈りの終わったあとの田に麦や油菜を播くために「畝上げ」をするのである。これは農作業に年季を積んだ男子の冬の仕事だった。刈り取ったあとの切り株を目印に、よく研いで白く光る四本爪の備中鍬を使って土を切り取り、隣の切り株の上に同じ形に積み重ねていく。これを二列分行い、土を二段に積み重ねる。積み重なった所が畝になり、隣に同じ間隔の溝ができる。ここまで丁寧にしなくてもよいのにと思えるほどの仕事ぶりで、できあった一枚の田の畝の並びは整然としていて美しい眺めだった。男手のいない農家では牛を借りることになるが、手作りの畝に比べると、牛の鋤で盛り上げた畝は大まかな形に見えた。一年を通じての野良仕事のなかでも、この畝作りは田の草取りと並んで最も苛酷な労働と私には思えた。稲の裏作として田に畝をつくって育てる麦では麦踏みをしなかった。畑作の麦と違って、畝を崩したり踏み固めてしまうからだろう。そのかわりに芽生えのうえから乾いた土をかけていた。

田植え、稲刈り、脱穀のほかに小学生の子どもにもできた手伝いといえば、さつま芋掘り、じゃが芋掘り、麦踏み、梅の実採り、畑の雑草取りくらいのものだろうか。一日の作業が終わったあと、小川で鍬や鎌の土を手にしたわら束で水洗いするのは私の役割だった。この農家には田畑と竹林の斜面の間に農小屋が作ってあったので、水洗いした農具は自宅との間を持ち運びしなくても、この小屋に入れて置けばよかった。小屋は六畳ほどの大きさだったが、瓦ぶきで土壁だったので丈夫にできていた。内壁に私には使い途の分からない種々の農機具が掛けてあり、床には筵などが積みあげてあった。壁際にはわらを裁断する押切りや千歯こきなど旧式の農具も置いてあった。

戦争も末期になると、このような農村にも空襲警報のサイレンが聞こえるようになった。電車で一駅ほど離れた所に大きな紡績工場があり、そこが爆撃の標的になっていて、サイレンはどうやらその工場のものだった。私は月に一度この工場の近くにある床屋に行き、頭を丸刈りにしてもらっていた。その床屋と工場との間の田んぼに六角形の断面をした長さ五〇センチほどの焼夷弾が多数斜めに突き刺さっていた。これらは紡績工場を狙って外れたものに違いない。ついでながら、この紡績工場には女学生の従姉が動員され働いていた。非番のときに私が寮に立ち寄り、呼び出してもらうと従姉とわずかな間ことばを交わすことができた。その折、粗末な紙の帳面や使い終わった図画の教本などをもらって帰ってきた。これらは私の数少ない持ち物となり、大切にした。

夜中に空襲警報のサイレンで起こされると、疎開先の農家からさらに山地に近い田畑のほうに走って一キロ弱を避難した。近所に疎開している別の被災家族ともよく一緒になって走った。その家族には赤ん坊がいて、いつも中学生の兄が赤ん坊をおんぶして逃げる役割だった。闇夜に低く無気味に響くB29の爆音ほど恐怖心を掻き立てるものはなかった。高空を飛ぶ爆撃機の編隊を幾度も目にした。警報が解除になると自宅に戻るが、しばしば同じ夜に再びサイレンが鳴り響いた。それに慣れてくると、田畑にまで逃げたあと、そのまま農小屋で寝込み、翌日は夕方まで農作業をして自宅に戻ることも少なくなかった。竹林の下に湧き水があり、簡単な炊事もできた。子どもの私は農小屋で寝泊まりするのを、むしろ喜んだものだった。

なくなっていた田畑と家

たしかこの国の高度成長期の終わりに近いころ、私は右に述べた疎開地のあたりを訪れてみたことがある。すでに一世代を経て、場所を見分けるのも難しいほどに地形も、それゆえ景色も様変わりしていて、戦中戦後の面影がまったく残っていなかった。かつての田畑や竹林、その背景にあった山林さえも平らに整地され、幾棟かの鉄筋の集合住宅が立ち並んでいた。海岸地帯の石油コンビナートに勤める人たちの社宅だという。その傍らを車の行き交う舗道が貫いていた。かつての村の西端の農家と山林の裏の溜め池が昔のままで、それらを目当てにかろうじて以前の地形の見当をつけた。ここまでみごとに整地されて風景が変わると、道端に立ち止まってむかしの思い出に浸る気持ちも湧きあがってこない。むしろ未練がましい感慨を催さないほうがさっぱりしてよいのかもしれないと感じた。

村はもはや立派な町になっている。私が世話になった農家自体も整地されてなくなり、前を車道が走っていた。農家の脇を流れ水車を回していた水流はちょうど道路の真下に当たる。聞くところでは、私の家族が世話になった老人の長男は戦争末期に大陸で戦死し、後日復員してきた次男が跡を継いだが、この人は全くの会社員として過ごし、いまでは定年退職して別の所に住んでいるという。大企業に田畑を買収されては、農業を続けるわけにはいかなかったのだろう。

終戦前後は写真を撮るなど想像外のことだったので、写真が残っているはずはない。あの農村や田畑の景色は私の頭のなかにあるだけである。私はその後もあの村に住んで景色の変わり様をつぶさに見てきたわけではない。それゆえ、私のなかでは三十年ぶりに眺めた現実の光景よりも、むかしの景色のほうが遥かに鮮明で確かである。その当時私がなじんだ、いまはいない人々についても同じことがいえる。

ボタンを押せば稲ができる

このまま思い出話で終わってしまっては締まりがよくないので、以下では近ごろの農業のことにも思いを馳せてみよう。

一九五〇年の戦後初の国勢調査によると、当時のわが国の農業就業人口率は四五パーセントだったが、現在ではその率は一〇分の一以下に減少している（ただし総人口は一・五倍強に増えている）。その間しかし、米の収穫量は毎年一千万トン前後でほぼ一定している。つまり現代では一九五〇年当時の一〇分の一以下の人手で同じ収量をあげていることになる。これは、とりも直さず、人力に頼っていた稲作が機械化され、省力化がすすんだ結果である。

近ごろは田畑の近くを歩くことは少なく、電車の窓から田園風景を眺める程度だが、たしかに多人数で田植えや稲刈りをしている光景に行き当たることはない。働く牛馬を見かけることもなくなった。そのかわりに田植機の見事な動きに見とれるばかりである。気づくと、車窓から眺める見慣れた田んぼの田植えがいつの間にやら終わっている。機械を効率よく動かすためには水田の形を変え、一枚の田の面積を大きくすることも必要だった。段差があり小面積の田畑は休耕地になるか、別の用途に姿を変えていったのだろう。

田植機だけでなく、牽引車に乗って行う畝起こし・畝崩し、コンバインでの収穫と脱穀の一貫作業。かつてこれらは映像で見る米国の農場風景だった。ほかに草刈り、薬剤散布、施肥などが現在では農業機械によって行われる。そのうえ、こうした農業機械もいまやインターネットで手軽に購入できる時代になっている。パソコンに向かって検索すれば、写真が表れ、仕様や値段が一目で分かり、「購入」をクリックすれば品物が届く仕組みである。

最近の話では、つくば市にある中央農業総合研究センターが稲作を全自動化する方法を研究し始めたそうである。現在では田植機から始まって収穫脱穀までの各工程をまだ人が運転するか付き添うかしておこなっているが、全自動化の方式ではこれら一連の工程が無人化されているという。このうち無人田植機はすでに開発されていて、購入価格さえ下がれば実用化の段階に入る。無人田植機の実演を報じた新聞記事（「毎日新聞」〇六・七・一二）によると、この機械は高性能の測量用GPS（全地球測位系）を備えていて、あらかじめ入力しておいた水田の形に合わせて一反（約一〇アール）の田植えを約二〇分で終える。この無人田植機は自ら進路を誤差一〇センチほどに補正しながら、水田の端まで行くと自動的に向きを変えて作業を続ける。いまのところ価格が高いが、GPSセンサーをほかの機械にも共用できれば、十年後には安価に稲作の各段階の無人機械化が実現するとの見通しがあるそうだ。

農作業の省力化、機械化によって、田植え唄に始まり村祭りで終わったかつてのうるわしい稲作の伝統や心和む田園風景が失われていくのはなんとしても寂しい、とでもうそぶけば、それはあのころの苛酷な農作業を知らない者のいうことだといい返されるだろう。いまは田畑に車で出かける時代である。右の無人田植機の開発にかかわった研究員は「機械を使いこなすのが格好いいと思ってもらえれば、若い後継者にも共感してもらえるのではないか」と述べていたが、この今様の考え方こそ前向きなのだろう。

　水田から畔道にあがって、足に吸い付いた蛭を引っぱがしていた痩せた少年の姿は、もはや幻影にすぎない。

わらぞうりを作る

　ある日曜日の朝、市発行の広報紙を眺めていたところ、見開きに市の民俗資料室のことが紹介してあった。資料室に展示されている吊りランプ、足半（あしなか）、挽（ひ）き臼、米俵、糸車といった「文化財」の写真が載っていて、いくらかの説明が付いていている。足半というのはかかとのないぞうりのことである。ついに米俵やわらぞうりも民俗資料の仲間入りをしたか、と嘆息した。溜息が出たのは米俵やわらぞうりが文化財になったためではなく、かつて日々の暮らしのなかでこうした加工品に慣れ親しんだ覚えのある私じしんを、なにやら過去の人物になったように感じて、少々さみしい気分がしたせいである。

　私の住む町は東京、横浜の衛星都市のようなところで、元来は田畑や雑木林の多い土地だったらしいが、大都市のドーナツ現象のせいか、近ごろは新興住宅地が増えて都会化が急速にすすんでいる。それゆえ、かつての庶民の日用具を早々と民俗資料としていかめしく保存しておくのも、うっかりして実物がなくなる前の用意なのだ。ついでにそれらの資料の使い方もしっかり記録しておいたほうが無難だろう。銅鐸（どうたく）のように後の世の人々を思案させることになっては申しわけない。

　民俗資料の紹介記事をみた日の夜、私は床に入って眠気の訪れを待つ間、自分でも意外なことを思いついた。いまでも自分でわらぞうりが作れるかしら、と思ったのだ。私が自分の履くわらぞうりを自分で作っていたのは、少年時の一時期だったが、これまでそのことを思い返してみたことはなかった。しかし、その夜は記憶をたどってみようとしたのだった。

別のところでも書いたが、先の戦争が終わるしばらく前に、私の家族は近在の農家に疎開した。そこは働き盛りの二人の息子を徴兵でとられた老人の独り暮らしだった。老人は身の回りのものはできるだけ自給自足するという、根っからの農家だった。農家の生活ぶりを私はすっかり気に入り、めずらしさも手伝って老人に付いて回り、さまざまなことを見よう見まねで覚えた。わらぞうり作りもその一つである。

あるテレビの時代劇で娘が野良で履くわらぞうりのことをわらじと呼んでいる場面を見たことがあるが、少なくとも私の過した土地では、わらじとわらぞうりは明らかに区別していた。わらぞうりは要するに稲わらで編んだぞうりのことで、日常の生活や畑仕事でもっぱら用いた。

わらじのほうは見かけはわらぞうりよりも長めに作ってあり、鼻緒は固定されていない。履くときに前緒の根元に足指をかけ、長い二本の紐を左右の通し目に通して鼻緒にし、それをさらに後ろに回して、かかとに付いている返し紐にかけて引く。そして紐の残りで足の甲や足首をしっかりと結わえると、足裏がぴったりと覆われた形になる。わらじはおもに遠出をするときとか、大八車を曳くなど足に力の入る仕事のときに、とくに用いていた。もちろん、わらじを履くのはその当時でも年寄りたちだけであり、その他の者はなにをするにもわらぞうりで通していた。あらたまった外出のときには、たぶん下駄に履き替えて行ったのだろう。

わらじを作るには全体の形を足よりも長めに整えたり、付属の紐や通し目を付けたりしなければならず、わらぞうり作りよりも数段むずかしい。だいいち子どもの私にはわらじは利用価値がなく、私はわらぞうりだけを作った。老人はこうした履物を当座の分だけ一組つくり、一時に幾足も作って蓄えることをしなかった。現に履いているものが擦り減ってくると、頃合いをみて、夕食後にやおら土間に降りてわらを打ちはじめる。それをまねて、私も老人の脇で同じ所作をした。まず木槌（きづち）でわらをまんべんなく打って柔らかくする。松の幹でできた子どもの頭ほどもある木槌をふるうのは子どもには力が要った。この作業が終わればぞうり作りも半分済んだようなものである。

次にまずわらで芯になる細縄をなう。これを伸ばした両脚の先の親指に「め」の字形に掛け、他の二つの端を左手で支える。そして四列になった縄の間に手前のほうからわらを編み入れていく。手前のほうがぞうりの前の部分になる。わらの継ぎ足し方と、途中で鼻緒になる縄紐を組み入れるところが一工夫要った。鼻緒やかかとの部分には、補強のためにぼろ布を裂いてわらとともに編み込むこともあった。幼い女の子のためには赤い布きれを編み込んだ。適当な長さにまでわらを編み入れたあと、手前に出ている二本の紐を思い切りよく引く。この段階がたのしみでもあり、大事なところでもある。ここで丸みを帯びたぞうりの形が決まるのだが、私が作ったものはどうしても尾っぽを曲げた蚕の蛹（さなぎ）のようにいびつな形になってしまった。

最後に、引っ張ったあとの二本の紐で前緒をつくって完成する。同じことをもう一度繰り返して一足ができあがる。私には一組を同じ大きさに整えることは至難の技だった。余った打ちわらは束ねて土間の隅に引っ掛けておき、次のときに利用した。新しいぞうりは履く前にさっと水を通して湿り気を与えると長持ちする、というのも老人から教わった知恵だった。私は自前のわらぞうりを履いて三角野球に興じ、泥水や砂ぼこりを跳ねあげながら二キロメートルほど先の小学校へ通った。

思い返すと、米俵、挽き臼、養蚕の用具、米つき用の水車といったものを私が実地に見、使い方を覚えたのも、やはり老人の家で過した間のことだった。戦争は子どもたちにも疎開という常ならぬ暮らしをもたらしたが、私の場合には、幸運にもそれはけっして強いられた暮らしではなかった。その期間は実際にはそれほど長くはなかったが、私のなかではいまも無視できない部分を占めている。それは、自分のものを自分でつくるという生活から、いまの私がますます遠ざかりつつあるせいかもしれない。

私は床のなかで眠気から遠退きながら、またも詰まらないことを考えた。わらぞうりの作り方を思い起こすだけではなく、ひとつ本当に作ってみようと思ったのだ。しかし私はすぐに思い直した。集合住宅の四階のベランダに新聞紙を敷いてすわりこみ、板切れでわらを打ち縄をなう姿は、やはり滑稽だ。私は寝返りを打ち、もう眠ろうと思った。

たけのこ

四月半ばの休日、ひとり自宅でぼんやりしていると、妻の友人と名乗るご婦人が訪ねてきて、「千葉の田舎に帰りましたので」と手提げの紙袋を置いて行かれた。帰宅した妻がなかの紙包みを開けてみると、だるまのように丸っこい、小振りのたけのこが二つ入っていた。根元は白く、上のほうは薄褐色の皮に覆われている。よほど良いところを選んでいただいたようである。うわっと、思わずよろこびの声が出てしまった。

新鮮なうちにと、早速一個を煮つけにした。薄切りにしたたけのこだけを醤油でさっぱりと煮る。味はいうまでもない。どの部分も歯に逆らわないほどに柔らかく、春の香りも申し分ない。滅多に味わえない山の幸だった。翌日はもう一個をたけのこ御飯にした。香りはこちらのほうが引き立つ。前夜余した煮付けをお菜にして、たけのこ御飯をいただいたのである。二個目を少し分けて山椒の木の芽和えにしてはとも思ったが、これはよした。直前に市販の独活（うど）で木の芽和えをつくったので、そのうえにということになると罰が当たる。

この度もまた例によって子ども時分の食べ物の話になって恐縮だが、とくにたけのことなると、地元の竹林で採れたものをよく食べた。千葉の上等のたけのこを入れた御飯と煮付けをいただきながら、ずっとむかしの歯応えのあったたけのこの話もちょっと書いておきたくなった。

先の戦争末期から戦後にかけて世話になった疎開先の農家には、田畑と地続きの竹林があった。竹林はそれほど広くはなかったが、人手がない割にはよく手入れされていて下草はなく、枯れた竹の葉だけが敷き詰めたように積もっていた。その竹林に入ると急に静かになる感じがし、気持ちまでも鎮まるようだった。風通しがよく乾燥していて、夏場には涼風が吹くとさらさらと竹の葉が鳴り、とくに涼しかった。しかし、そこを遊び場にして飛び回らないようにいわれていた。踏みならして土を固めると、たけのこの出芽を妨げるからである。竹は真竹ではなく孟宗竹で、孟宗とは二十四孝の一人で寒中に母親の望むたけのこを探し求めた孝子の名。それゆえ孟宗竹は中国から渡来した竹だと、そのころに聞いた。

春も後半になると雨後のたけのこのたとえ通り、次々と地面から顔を出してくる。本来は、たとえばこの度もらった千葉のたけのこのように、まだたけのこが地中にあって陽に当たらないうちに、いくらか盛り上がった地面に見当をつけて鍬を入れる。そうすると、まだ小振りの柔らかなたけのこを掘り出せる。しかし、当時は終戦直後の食糧不足の時代であり、味よりも量が優先された。硬くなって歯がたたなくなる直前まで大きくして掘り出す。毎朝、竹林を見回って、紫がかった褐色の毛茸(もうじょう)をつけた皮の先端が十数センチも地面から顔を出すころを見計らって収穫した。たけのこ掘りはもっぱら農家の老人の仕事で、素人や子どもには任されなかった。慣れた老人にしたところで、たけのこを鍬で傷つけたり、根元を分断してしまうことがあった。子どもにとってはたけのこ掘りを横で眺めるのは楽しかった。

狭い竹林ながら日々二、三本のたけのこが採れる。そうすると、どうなるか。食事のお菜が毎日たけのこになった。なにしろ、こと食い物に関しては質よりも量の時代なので、同じ食材(こんなことばを当時は遣わなかったが)が続くことには慣れていた。季節ごとの畑の収穫物は一貫目(三・七五キログラム)単位で農家から買い入れ、また衣類と交換したので、芋類や玉ねぎ、かぼちゃのような保存の利くものは別にして、さやえんどう、そらまめ、なすび、菜っ葉など多くは新鮮なうちに平らげなければならない。そうした食材のなかでも、たけのこだけは身を寄せていた老人の家で採れたので、お金がかからない。そのうえ収穫が長続きする。毎日のようにたけのこの煮付けをおかずにして麦飯や雑炊の食事をした。

先に述べたとおり、たけのこは増量のためにいくらか丈を伸ばしてから採るので、皮を剥いでも二十数センチの長さがあった。これを丸ごと米の研ぎ汁のなかで煮立てたあと、そのまま一晩浸して置き、えぐ味を除いた。それでも柔らかい先のほうにはえぐ味が残った。根元のほうにはえぐ味はなかったが、成長したたけのこの根元は繊維が多く、歯応えがあった。私は硬くても味の良い根元のほうが好きだった。近ごろはやりの食物繊維もたっぷりとっていたことだろう。

あの当時、もし家庭で楽にできるたけのこの保存法があれば、大いに食生活の助けになったはずである。中華料理のめんまのようなたけのこの保存法は、わが国では聞いてはいない。ともかくも、こうした田舎での疎開暮らしのおかげで栄養不足を軽減できたことはありがたかった。

千葉産の上等のたけのこの煮付けとたけのこ御飯をいただきながら、むかしの歯応えのあった孟宗竹のたけのこに思いを馳せた。日ごろ料理の味には無頓着で、栄養になればそれでよいという不粋な食生活を送っているので、旬のたけのことい
う突然の頂き物を前にして、気の利いたことばが出てこないのは残念だ。ふだん関心の薄い妻の交友関係にも、この度は感謝しないわけにはいかない。

『二龍山』を読んだ

二龍山は「あるろんしゃん」と読み、旧満州北安省の地名に由来している。朱色の表紙の質素な装幀の『二龍山』（深田信四郎・深田信共著、柏

崎日報社）は旧師の梅津濟美氏をお訪ねした折に頂戴し、はじめて手にした。梅津氏は、一人でも多くのひとたちがこの本を読む機会をもつようにとの考えから、いつも手元に幾冊かを置き、折にふれて知人や学生に贈っているという。『二龍山』は一九七〇年の発刊以来版を重ね、その間多数の読者を得たことだろうが、私も梅津氏と同じ思いから、読後感にかえてその内容を紹介してみたい。

『二龍山』は北満州の一開拓団の敗戦から引き揚げに至るほぼ一年間の悲劇の軌跡を記している。しかも、その軌跡が一個人とその妻の実体験を通じて丹念に、ありのままに書き留められている点で稀有の記録である。これは読者の感興を誘うことを意図して書かれた物語ではなく、私たちと同時代の日本人が祖国を離れた地で体験した事実の記録である。

巻末に付記された団員誘致の現地紹介記事によると、第九次二龍山開拓団は「北に富士山に似た五大連山を望み、朝いたれば大気すみ、宵いたれば銀月広野にかがやく。住むに石造の家あり。耕やすに豊沃の大地無限にあり。堂々たる校舎あり。無肥料にして水稲みのり、蔬菜又豊産す。而して越佐の郷人とともに生活す。天寿を全うすれば、二龍山山頂の忠魂碑に永久の生命となりて子孫の繁栄をみまもる」という土地で、九四戸三一五人の人々が生活していたのだった。しかし祖国の敗戦はこの開拓団の人々の運命を大きく翻弄することになる。あとがきによると、共著者の一人深田信四郎は、この土地へ昭和十七年（一九四二）の二龍山在満国民学校設立と同時に学校長として着任し、家族とともにそこで暮らし、敗戦の時を迎える。

『二龍山』は三つの部分からなる。第一部の「終戦日記」には昭和二十年（一九四五）八月十一日から十月二十九日に至る信四郎の日誌が収められている。ソ連参戦後の根こそぎ動員による開拓団員の召集、それに引き続く祖国の敗戦、家族の退避、ソ連軍の襲撃と俘虜行、ソ連軍収容所での労役と生活、釈放後の長春への南下という、次々と変転しわが身を翻弄する日々の出来事が、なんの修飾もなく書き留められている。それと同時に、こうした苛酷な環境のなかにいて、ときに胸の内に起きる極めて私的な思い、たとえば引き離されている妻への思い、さらには収容所で見る軍装の看護婦への一時の感情を、著者は隠すことはない。このような文章の一語一句がどのような情況のもとに書き留められたかを私は思い描き、その現実をたどってみる。

　第二部「流氓の歌」は第一部と表裏をなしていて、第一部とほぼ同じ期間に、男子たちの召集のあとに残された開拓団の家族がたどった足跡を、妻である深田信の側から記している。敗戦、その直後の孫船八ケ岳開拓団への退避、その間のソ連軍の襲撃と匪賊の暴挙、生き組の孫船からの脱出、北安収容所での生活、そして無蓋車での長春行と長春南溟寮での難民生活が日を追って記されている。

　退避しようとする日、馬は人恋しがって玄関から離れようとしない。七十歳近い二人の婦人がノモール川に身投げしようと心に決め、挨拶にあらわれるが、それを引き止めようとする力もなく、念仏を唱えて去る二人の後ろ姿に「さようなら、おばあちゃん」とつぶやく。最後の頼みの綱の毒薬を盗まれ気が狂ったように探す人の絶望の声を聞き、心の支えである自分の毒薬にさわってみて、ほっとする。——このような出来事が、むしろ淡々ともみえる文章で記されていて、読む者の胸を打つ。引き揚げ前に長春で喀血した深田信は、療養十年ののち昭和三十一年（一九五六）四月に死去している。

〈十月二十九日　せんたく物をかかえて来る女と南溟寮の廊下でばったり出あった。「あッ妻だッ」と思った。が――次の瞬間、「これが妻だろうか」とうたがった。ざんばらの油っ気のない髪には、虱の卵が白くしがみついていたし、がさがさしてぶす黒い顔にはへっこんだ目が濁っていた。この女の哀れは、もんぺの脇口から見える素肌の腿であった。十月末の長春の地表は、かちかちに凍りついているのに、この女は羞恥をかくす最低のもの――一枚の腰までしかない単衣の上着と、つぎはぎした一枚のもんぺしか、つけていない。もんぺの脇口から素肌の腿が、紫色にあわだって震えているのであった。〉

第三部「祖国なき民」は深田信四郎が長春の南溟寮で妻と再会する右のような文章ではじまっている。信四郎が寮長となった南溟寮では、二龍山など五開拓団と黒河の避難民約千百名が越冬した。ここではもはや襲撃や略奪の危険はなかったが、公安官による銃殺、凌辱による婦人の自殺、伝染病による病死、衰弱死、凍死などが相次ぐ。生き残りの団員もほとんど全員が病人のような状態できびしい冬を耐える。この間、昭和二十一年（一九四六）三月には長春からソ連軍が撤退し、八路軍が進駐するが、これについで国府軍と中共軍の市街戦が展開される。ようやく凍土の解けた四月末、防空壕から百体の団員の亡骸を次々と運び出し、空地に穴を掘って埋葬する。こうして生き延びた一四六名が、一五一名の遺髪を持ち八月十八日に博多の土を踏むことになる。ソ連参戦と同時に関東軍はいち早く退却し、その瞬間に二十二万の北方開拓民はぼろ屑のように北満の広野に捨てられたのだった。長春にたどりついた信四郎は、ここではじめて玉砕、自決、服毒死していった各省の他の開拓民の受難の有様を聞かされている。

深田信四郎氏はその後も柏崎市で「レポート・アルロンシャン」の発行に長年携わった。詩誌「新詩人」四一五集に江田重信氏が書いている「犠牲」もまた私の記憶に新しい。これは終戦時に在満邦人の被(こうむ)った二大悲劇の一つといわれる興安東省興安の葛根廟(かっこんびょう)事件について述べている。現在の葛根廟では「無雑作にすくった掌のなかの土にも、無数の小さな骨片が混って」くるという。

仮名づかい体験

戦争に負けない限り、つまり占領国に強制されない限り、一国の国語改革はありえない、とはよくいわれた自虐的言い分だった。志賀直哉が日本はフランス語を採用してはどうかと口走って顰蹙(ひんしゅく)を買ったのは戦後間もないころだった。そこまでいかなくとも、いっそ英語にしてしまってはどうかと考えた識者は、じつは結構いたのではなかろうか。戦後早期にそうしておけば、その後の日本人の英語、とくに英会話力不足が一気に解消されて、今になって国際競争の弱さを嘆かなくともよかったのでないか。そう思い返す人も少なからずいそうな気がする。結局、戦後の国語改革はごく部分的なものに終わってしまった。第一の改革として一九四六年十一月に「当用漢字表」と「現代仮名づかい」が内閣告示された。さらに四八年二月に当用漢字音訓表、教育漢字表、義務教育必修漢字の範囲が告示され。戦後の国語政策は今日に至るまで続くことになる。

当用漢字と現代仮名づかい、いわゆる新カナとは告示当初まず公用文、新聞、ついで国定教科書に用いられた。この新カナが表音的でありながら歴史的仮名づかいのある部分を残している折衷式という性格の曖昧さや、終戦直後という時勢もあって国民多数の心情には無頓着に決められた官僚性のゆえに、その後、さまざまな批判や不満が長く尾を引いた。

話題になった論争や提案を二、三挙げてみると、まず先に出た直哉のフランス語化は苦笑とともに記憶に残る。これは雑誌「改造」一九四六年四月号に出た「日本の国語程、不完全で不便なものはない」という文で始まる短い国語論である。日本は戦争に負けてしまった、という強い意識が直哉にこうした暴論を書かせたのだろう。この短文のなかに、英語を国語に採用しようとした森有礼（一八八五年初代文相）の話も出てくる。

評論家・福田恆存と国語学者・金田一春彦の論争が雑誌「知性」誌などで展開されたのは、新カナ公布から十年近く経った一九五五年、それはちょうど私が枕草子や徒然草の新カナ現代語対訳を居眠り半分に読んでいた高校生活から解放された年だった。両者の論争は一年ほど続き結局、決着しなかった。この前後、国語政策に異論を唱えた主な識者は福田のほかに小泉信三や大田行蔵、擁護した識者は金田一に加えて桑原武夫らがいた。さらにその三、四年後には国会議員を中心とした表音派の「言語政策を話し合う会」と、それに相対する「国語問題協議会」が発足している。ちょうどその頃が、いわば国民的規模での仮名づかい論争の頂点ではなかっただろうか。これは新カナを教えられまた使い慣れた年齢層の人たちがその後しだいに増えてきたせいであると、単純に考えられる。しかし実際には人々の国語への関心は低下することはなかった。

それが証拠に、『日本語のために』（丸谷才一、新潮社）が一九七四年に発刊された折には書店での売り切れが相次いだ。この本は一般書には珍しく歴史的仮名づかいを用いていることでも評判となった。著者はあとがきに「思ひ切つて歴史的仮名づかいで書くことにしたところ、非常に具合がいいのである。第一に論理的に矛盾してゐない表記である点で、第二には日本文学の伝統にのつとつて書いてゐる気がするせゐで、すこぶる楽しかつた」とある。丸谷氏が歴史的仮名づかいを使って具合よく、楽しく感じた背景には、歴史的仮名づかいを使い慣れてきた氏の生活歴、職業歴が大きくあずかっているに違いない。が、世の中にはそうした環境にいない人々も多くなっているはずだ。

自分の体験をふり返ってみよう。学校での新カナ実施時に私は小学五年生だった。戦後の混乱期だったが、旧来の国語表記の基本を白紙の頭に教え込まれたばかりの時期である。それが突然新カナ新漢字への転向を強いられた。自分の名の「隆」は生と降の省略形からなるので生の上に横線があった。新漢字ではその横線がなくなった。また仮名書きは「たかを」から「たかお」に変わった。私は歴史的仮名づかいをほぼ抵抗なく読めるが、それを自分で遣いこなせない年齢層に属している。高校生までは古書店や年長者から入手した小説や参考書の多くは旧カナだった。だからといって日記や手紙を旧カナ文で書いたわけではない。現代仮名づかいはしばしば中途半端で論理的でない面が批判されるが、理屈にかかわりなく私じしんはすでにこの仮名づかいにすっかり慣らされてしまっている。

これも私の体験だが、『興津弥五右衛門の遺書』

を文庫版で読んだ折、そのなかの遺書の部分が新カナ表記になっていて、さすがに違和感を覚えた。鷗外の歴史小説の特異な雰囲気が新カナ表記だからといって、総じて私が気分を削がれることはないが、右の小説では候文の遺書が小説に大きな比重を占めているという事情がある。これを素直に受けとれば、私は仮名づかいに関してはいくらか保守的な傾向を残しているといえる。

「實際人の書いたのを見ましても机の「ゑ」は阿行の「え」を書いたり、和行の「ゑ」を書いたり、波行の「へ」を書いたり、有ゆる假名を使つて居ります、さうして見ると人民一般は田とも云はず畠とも云はず、道のない所を縦横に歩いて居るのであります、實に亂雑極つて居る、むちやであります」(『假名遣意見』、一九〇八)などと時の文部省臨時仮名遣調査委員会の森林太郎委員こと鷗外から毒づかれないだけでも、いまの現代仮名づかいの世は、一般庶民にはありがたい。抜本的な仮名づかいの改訂はもはや私には受け入れがたいが、もし将来の仮名表記が表音的な傾向を適度に促進する方向にすすむのであれば、それには私も従っていけそうだ。これならば、いままで慣らされてきたやり方で、そのときどき自分と世間とのずれを修正していけそうだから。

もっとも当用漢字音訓・送りがなの改定(一九七三年)では、それまでの制限をゆるめて慣用を認め、弾力化を基本方針としている。ところが注意すべきは、漢字・送り仮名ではかなりの程度まで人為的な操作ができるが、仮名づかいのほうはそれが難しいことだ。仮名づかいでは、時代の流れに伴う音の自然な変化に逆らうわけにいかないところがある。それからもう一つ、これまでの日本語の枠組を保つ限り、かな表記の表音化傾向にもおのずから限界があることも知っておくべきだろう。五十音図を順守するという前提であれば、現代仮名づかいは中途半端な表音表記から抜け出せないことになる。とくに外来語をかな書きして取りこむ場合には、現在の五十音図の欠点が問題になるだろう。

戦後の国語政策のために最も苦労したのは私たちの親の世代ではなかろうか。すっかり頭が硬くなってしまった年齢で、新カナ新漢字の使用を強いられたのだった。この世代の人々は不運にも、食糧難と押しつけられた戦後民主主義に対応することに精一杯で、ことば遣いどころではなかった。

いずれにしても、歴史的仮名づかいに縁遠い世代がすでに大勢を占め、しかもその数が確実に増えつつあるのが、なにはともあれ現実なのだ。この先、かな表記について考え、論議する場合には、この現実を前提とせざるを得ないだろう。異なる年齢層の人々の仮名づかい体験と、その人の描く仮名づかいの将来像を知りたいものだ。

ともかくこの先、わが国は他国と戦争をして勝敗を決することはないだろうから、国語政策の抜本的改革は実際にはあり得ないわけだ。

あとがき（正続共通）

本書ではこれまでに著者が発表してきた戦時・終戦後の実体験や見聞などを題材にした現代詩と散文からいくつかを選んで一冊にまとめた。以下では現代詩を「詩」、散文を「文」とする。

1

まず本書を編むに至った動機について述べておこう。

民・兵合わせて三一〇万人が犠牲になった先の太平洋戦争はわが国にとって空前の「人災」であった。以来、七十余年の歳月が経ち、当時の日常を体験し記憶する人々も、この世の摂理にしたがい数少なくなってきた。このところ毎年、終戦の日が訪れると、あの時代の経験や記憶をなんらかのかたちで記録しておかなくてはならないと強調される。記録とは書き留めるか音声に遺すかになるが、その意図が歳月と共にどこまで浸透、進展しているのか、寡聞の私には具体的なことをここに述べられない。いまとなっては、個々人の実体験の記録こそ肝要ではないのだろうか。身に覚えのある人たちはだれもが体験を記録する資格があり、またそれは責務に近い行為でもあるだろう。私じしんも、これまでこの世の人々から受けてきた恩恵や厚意を顧みて、じぶんにできる限りのことをしてこの世をあとにしたいと、実感するようになってきている。

一つの例を挙げてみよう。誰もが体験しまた聞き知っている戦後の大インフレーションの対策として当時の幣原内閣が終戦翌年の二、三月に発表したのが、新円切替とそれに伴う預金の封鎖だった。当時の経済混乱の実態を小学生の私も身にしみて感じとっていた。預金封鎖が実施される前に現金化をと、人々は焼け残った銀行や郵便局に殺到して長蛇の列をなした。私の母親は知人と連れ立ち軽便電車に乗って疎開地からさらに田舎の郵便局に行き、わずかな貯金をようやく現金化したのだった。私はおとなたちの話を耳にしながら付いて行った。新円紙幣の印刷が間に合わないため、回収した旧円紙幣に証紙を貼り新円として流通させたが、停電がちの薄暗い裸電灯の下でおとなが、収入印紙に似た証紙を丁寧に貼りつけている様をのぞき込んだ。新十円札の表の図柄全体が「米国」と読めるとか、菊の紋章が鎖につながれ進駐軍GIの横顔がそれを監視しているとか、私たち子どもにもうわさが広がった。新札を折り曲げるなどして試してみて、それらがGHQの陰謀にもとづくという話を信じた。こんな庶民の暮らしぶりは、歴史書はいうに及ばず年表や年鑑からはけっして読みとれまい。それをいまのうちに書き遺しておこうというわけなのだ。

こうした個人の体験の記録が一気に進展しないわけはよく分かる。高齢者にはこの行為が容易でなく、仮にそれを記録したとしても、どれほどの若い世代の人たちが読み聞きしてくれるだろうかという懸念が積極さをためらわせる。しかし記録のかたちや方法は個々人によって異なるのは当たりまえ。だれかが読み聞きしてくれるかどうかの手だては、あとで考えればよい。まずは腰をすえて、書き、また語ってみることが肝心なのではあるまいか。

2

幸運というべきかどうか、私にはじぶんの幼少年時に相当する戦時から終戦直後の時期の生活を記した若いころの備忘録ないし下書きといえるものが残っていた。これをもとに、のちに狭い範囲の読者を想定した詩誌や詩書にいくつかの短文を残してきた。こうした記憶・記録を詩材にして現代詩もいくつか創作している。これらは雑然と書き散らしているが、全体を読み直して整理すれば、ひとさまに読んでいただけそうなものが残るかもしれない。八十路に入ってなにやら忽然と思い立ち、ともかくも仕上がったのが本書である。

　たしか高一の国語の授業で、担任の先生の都合がわるくなり、自由作文をして提出することになった。私は国語の勉強をどうしても好きになれず、授業中は翻訳小説を机の下に隠して読むのが常だった。自由作文はむしろありがたかった。考えあぐねた末に記憶の鮮明な話を書きつづった。それは空襲後の混乱した墓地に家族で墓参りをした日のことを書いたものだった。するとなんと、思いがけなくよい点数が付いて作文が戻ってきた。私は味を占め、帳面を一冊用意して、その後も思いつくまま戦中戦後の記憶をもとに作文用の下書きをこしらえた。覚書き程度のものを含めるとけっこうな分量になった。記憶といってもまだ終戦から十年とは経っていない時期である。曖昧なところは家族などに確かめて思い違いを改めた。もっとも、また利用できるだろうとの下心は外れ、下書きは下書きのままに手元に残った。しかしこんな暇つぶしをしたおかげで、幼少年時の細々した記憶を、文章にしないまでも、なにかと反芻（はんすう）することが多くなった。この反芻という行いは記憶を長く保つにはけっこう役立つようだ。そして生意気にも、少年の正義感とでもいうのか、そのころから私は文学・文芸の戦争責任ということに興味を抱くようになっていた。

　同じ時期、私は自分の思いや考えを文章にすることにも関心をもち初め、たまたま書店で見かけた「新詩人」という月刊詩誌の会員になり、見よう見まねで現代詩を投稿するようになった。この詩誌には、主宰者の他界により終刊となるまで同人としてほぼ四十年所属した。その間、右の下書きが役立つ時期があった。三十代の終わりに近いころ、「新詩人」に随想を連載することになった。詩ができなければ随想でもという編集者の配慮だった。連載は毎月七枚で百回まで続いたが、他のものを加えると一三〇篇ほどの文章をこの詩誌には書いた。その際、書くことに窮すると先の下書きをめくって題材を引っ張り出した。これが無視できない数になった。のちに、これらの随想のいくつかは『植物の逆襲』(二〇〇〇)その他の随想・エッセイ集にまとめたが、戦中戦後の体験談もそれらに少なからず入っている。

3

では「詩」のほうはどうだったかというと、戦中戦後の体験は当初からさまざまな作品の題材になってきているが、これを「遺しておきたい」とある程度意識して詩材に取り込むようになったのは「戦後還暦」の二〇〇五年あたりからではなかったか。この年には六十年前の体験を風化させてはならないと盛んに主張され、私もその気になった。この先も余力があれば詩材、そして詩想としての戦中戦後の記憶を枯渇させることなく、そのつど奥底のほうから引っ張り出してきたいと望んでいる。

「文」のほうは上述のとおりできるだけ正確さに心がけた。これがだいじな要件だと思う。これに対して「詩」のほうはいえば、題材は現実にもとづいているが、その詩材が作者のなかでしぜんに醸成し、独自の詩世界に展開することを目指す。これもまた作者にとっては、現実描写のみではいい表せない作者の詩想の真実といえる。たとえば、少年時に焼け跡で目撃した玉虫の旋回や赤ん坊の足首は、歳経る作者の内部で形を変えて動き出すが、これをなんとかことばとして描き出したいと望む。そこに詩という表現の役割がある。

そうすることで、じつは現在まで生きのびてきた自分じしんを描写しているつもりなのだ。散文では敵（かな）わぬ詩のちからだろう。ふつうの文と詩の違い、詩が成り立ってくる過程を、本書の類似の「詩」と「文」の表現を比べながら見てもらえるとありがたい。

じつは私は戦中戦後の記憶をもとにした詩を強く意識して多く作ってきたつもりはない。たぶんそういう詩は五篇に一篇程度の割合だろう。しかし南川は戦中戦後の詩ばかり書いているという印象をもつ詩人方は少なくなかったようだ。それだけ注視くださるわけなのでありがたい。気持ちわるい・生々しすぎる・しつこいといったご批判や感想もまたお聞きしている。そうお感じになるのであれば、実際にそうだったのだ。作者はそれを抑え気味に書いているとでも申してよいだろうか。

4

本書の構成や用語についても簡潔に記しておこう。

ここには「詩」と「文」を枚数にあまり偏りを生じないように選んでおさめた。詩はおおむね題材の時期にしたがい、戦前・戦時、空襲の前後、戦後の早期、少し間を置いた戦後、そして後日の回想という順に配列した。作品の着想や内容はさまざまなので、思ったとおりに順序だてできたわけではない。個々の作品の末尾には現代詩になじみの薄い読者のために詩作の意図や詩材を示唆する「ひとこと」を括弧内に補記した。ときとして現代詩は省略した表現が読み手を遠ざけることがあるので、補記によって作品への取っつきをよくしてもらえればありがたい。

「文」は十数篇にすぎないが、それでも作成・発表の時期には大きな幅がある。そうすると年齢や時代による記述に相違が生じてくる。それらは文章の通りを滑らかにする程度の書き換えや削除をおこなった。ただしこれには限度があり、削除することで個々の文のしくみや流れが損なわれないように気を配った。それゆえ文章間に多少の記述の重複があるのはやむをえない。書いた時期が分からないと、内容がちぐはくになる場合もあるので、その際は文中に初出の時期などを付記した。

表記も統一はしなかったが、いくらかは手直しした。主なものをあげておくと、ひとつには「罹災」がある。実際に戦災に遭遇した当時には、おとなだけではなく、読み方も分からない私のような子どももごく日常的に罹災、罹災者といっていた。それを「被災」と言い換えるようになったのは、常用漢字が定められ「罹」がそれから外されて以後だろう。もっとも現在でも「り災証明」という言い方は残っている。本書では新しい世代の読者を想定して「被災」に統一した。もうひとつ「子ども」だが、私はこれまで「子供」「こども」のいずれかを用いてきている。しかし近ごろの新聞などの傾向を参照して、ここでは「子ども」を用いる。この小書が表記についてのこれまでの著者の好みや主義主張を解消するきっかけになってくれるかもしれない。若い人たちにも読んでもらいたいとの期待があり、振り仮名を用いるなど、他の面でも読みやすさに心がけたつもりである。

図らずも私は戦後の七十余年を生きのびてきた。先の戦災にかかわりいのちをなくした親族、友人、知人を含む方々のご冥福をここにお祈りする。

掲載詩書一覧

詩──いなご（『爆ぜる脳漿 燻る果実』思潮社、二〇一三＝爆）、音の出るたんす（『けやき日誌』舷燈社、二〇〇〇＝け）、捕虜トラック（「回游」二〇一九・九月）、初めて見た海（「胚」二〇〇八・一月）、壕を掘る人（『火喰鳥との遭遇』花神社、二〇〇七＝火）、ふくろうのいた寺（火）、ぎんなん一粒（『七重行樹』回游詩社、二〇〇五＝七）、縁側のむかで（七）、消えた王海（「回游」二〇〇九・一〇月）、暗闇の小銃（『此岸の男』思潮社、二〇一〇＝此）、ふくろう（本書初出）、湧き水（爆）、バラック（「水鏡」二〇〇五・九月）、砂の道 水の滴り（此）、付け木（原題・夏の思い出）（『花粉の憂鬱』舷燈社、二〇〇一＝花）、蛍草（七）、はぜ釣り（原題・はぜ）（「胚」二〇〇八・一月）、田園風景（本書初出）、かいぼり（『みぎわの留別』思潮社、二〇一八＝み）、胆だめし（『傾ぐ系統樹』思潮社、二〇一五＝傾）、花柄のもんぺ（本書初出）、袖口まっくろ（七）、橋（原題・中空から）（「回游」二〇一六・九月）、終わっていた戦い（「新詩人」一九六〇・一一月）、ぼくの肩に手をおく人（花）、土葬の丘（傾）、埋める（爆）、港の景色（傾）、街なかの寺（傾）、戦後還暦（「神奈川新聞」二〇〇五・五・一二）、爆音（け）、まいねずみ（傾）、野火に揺れる製糖工場（傾）、うたげ（此）、日干しれんが（み）、トーチカ（火）、フリアン（七）、帰郷（爆）、冬の一日（此）、幻視飛行（け）、戦争好き（本書初出）、投稿詩（「胚」二〇一六・九月）、記憶のなかの海（け）、あかぎれ（み）、馬（爆）、回転木馬（「胚」二〇〇七・七月）、運河（傾）、タマムシ（け）、いとしい夏（み）。

文――私の八・一五（『植物の逆襲』舷燈社、二〇〇〇＝植）、二つの学校（植）、記憶のなかの海（植）、水車（植）、無砂米（植）、伊賀上野への旅（植）、金平糖（「胚」二〇一一・五月）、「壁のおもて」（植）、隠れぎっちょの言い分（『昆虫こわい』回游詩社、二〇〇五＝昆）、伯母の心残り（『他感作用』花神社、二〇〇八＝他）、終戦前後の農家の暮らし（他）、わらぞうりを作る（植）、たけのこ（他）『二龍山』を読んだ（昆）、仮名づかい体験（昆）。

各作品は詩書・詩集に載せるに先立ち「回游」「胚」等の詩誌にも発表しているが、掲載が雑誌のみの場合を除き、煩雑になるのでここには記載しない。

南川隆雄　みなみかわ・たかお

一九三七年一月三重県四日市市生。四五年六月同市で米軍空襲罹災。二〇〇〇年東京都立大理定年、同大学名誉教授。詩集『みぎわの留別』（思潮社、二〇一八）など九冊、詩論・エッセイ集『いまよみがえる 戦後詩の先駆者たち』（七月堂、二〇一八）など六冊。主な所属詩誌「新詩人」（一九五三―九四）、「回游」（二〇〇〇―現在）。

続・爆音と泥濘——詩と文にのこす戦災と敗戦

二〇二〇年一月二〇日　発行

著　者　南川　隆雄
発行者　知念　明子
発行所　七　月　堂
〒一五六―〇〇四三　東京都世田谷区松原二―二六―六
電話　〇三―三三二五―五七一七
FAX　〇三―三三二五―五七三一
印　刷　タイヨー美術印刷
製　本　井関製本

ISBN 978-4-87944-394-6　C0092